तुम्हारे हि रहेंगे हम

चिन्मय महाजन

Made with ❤ on the Notion Press Platform

www.notionpress.com

यह कहानी मेरे प्रिय मित्रोके नाम समर्पित

जिनकी प्रेम कथा अधुरी रेह गयी ...

प्राक्कथन

मानव मन की गहराइयाँ किसी अथाह सागर से कम नहीं होतीं, जहाँ भावनाओं की लहरें कभी शांत होती हैं, तो कभी उग्र होकर व्यक्ति के अस्तित्व को हिला देती हैं। "तुम्हारे ही रहेंगे हम", इसी भावनात्मक उतार-चढ़ाव और आधुनिक संबंधों की जटिलताओं का एक जीवंत दस्तावेज़ है। यह पुस्तक मात्र कागज़ पर उकेरे गए शब्द नहीं, बल्कि उस प्रेमी की अभिव्यक्ति है जिसे अक्सर 'अनकहा' छोड़ दिया जाता है।

कहानी का केंद्र बिंदु 'शौर्य' है, जिसका चरित्र हर उस युवा का प्रतिनिधित्व करता है जो प्रेम और दोस्ती की बारीक लकीर के बीच कहीं खो गया है। यह कहानी हमें दिखाती है कि कैसे डिजिटल युग के 'कॉल' और 'मैसेज' किसी व्यक्ति की मानसिक शांति का खून कर सकते हैं। शौर्य और मीनाक्षी के बीच की वह मित्रता, जो एक झटके में बिखरती हुई लगती है, पाठक के भीतर सहानुभूति और जिज्ञासा दोनों जगाती है।

इस उपन्यास की सबसे बड़ी शक्ति इसके पात्रों की स्वाभाविकता है। यह कहानी केवल प्रेम के आदर्श पक्ष को ही नहीं, बल्कि उसके साथ आने वाले डर, असुरक्षा और 'रिजेक्शन' के कड़वे सच को भी निडरता से प्रस्तुत किया है। 'द लीजेंड्स' ग्रुप के दोस्तों के माध्यम से लेखक ने यह संदेश दिया है कि जीवन के सबसे कठिन दौर में केवल सच्चा संवाद ही मरहम का काम कर सकता है। कहानी का एक महत्वपूर्ण पड़ाव शौर्य के दादाजी का वह संवाद है, जो उसे अवसाद के अंधेरे से निकालकर आत्म-बोध की रोशनी की ओर ले जाता है। यह हमें याद दिलाता है कि जीवन में कभी-कभी जिसे हम अंत समझते हैं, वह वास्तव में एक नई शुरुआत होती है।

"तुम्हारे ही रहेंगे हम" उन सभी के लिए है जिन्होंने कभी न कभी किसी अपने को खोने का डर महसूस किया है। यह पुस्तक न केवल एक प्रेम कहानी है, बल्कि यह खुद को पहचानने और अपनी भावनाओं पर नियंत्रण पाने की एक यात्रा है। कहानी की सरल एवं हृदयस्पर्शी भाषा शैली पाठकों को अंत तक बाँधे रखने में सक्षम है।

मुझे पूर्ण विश्वास है कि यह कृति साहित्य जगत में अपनी एक अलग पहचान बनाएगी और पाठकों के दिलों में लंबे समय तक जीवित रहेगी। उम्मीद है कि शौर्य का यह सफर आपकी भी कुछ दबी हुई यादों को आवाज़ देगा और आपको जीवन के प्रति एक नया दृष्टिकोण प्रदान करेगा।

-चिन्मय महाजन

प्रस्तावना

लेखन अक्सर उन अनकहे शब्दों की अभिव्यक्ति होता है जो हमारे भीतर घुट रहे होते हैं। "तुम्हारे ही रहेंगे हम" की रचना भी कुछ ऐसी ही मानसिक उथल-पुथल और जज्बातों के भंवर से हुई है। एक लेखक के तौर पर, मैं हमेशा से यह मानता रहा हूँ कि हमारे जीवन के सबसे गहरे घाव वे नहीं होते जो दिखाई देते हैं, बल्कि वे होते हैं जो हम अपनों की उपेक्षा और खामोशी से पाते हैं।

इस कहानी का विचार मुझे तब आया जब मैंने अपने आसपास के युवाओं को डिजिटल दुनिया के 'कनेक्टिविटी' के जाल में अकेला होते देखा। हम हज़ारों मील दूर बैठे अजनबियों से तो घंटों बातें कर लेते हैं, लेकिन अपने सबसे करीबी दोस्त या प्रेमी से एक अदद 'सॉरी' सुनने या अपनी बात समझाने के लिए तरस जाते हैं। शौर्य का चरित्र मेरे लिए सिर्फ एक काल्पनिक पात्र नहीं है, बल्कि वह उन अनगिनत लोगों की आवाज़ है जो एकतरफा लगाव की आग में झुलस रहे हैं।

इस पुस्तक को लिखते समय मेरा उद्देश्य केवल एक प्रेम कहानी सुनाना नहीं था, बल्कि मानवीय रिश्तों की उस नाजुक डोर को टटोलना था जो 'ईगो' और 'गलतफहमी' के एक छोटे से झटके से टूट सकती है। शौर्य की तड़प और मीनाक्षी की बेरुखी —ये सब हमारे समाज के ही हिस्से हैं।

मैं उन सभी मित्रों और शुभचिंतकों का आभारी हूँ जिन्होंने इस यात्रा में मेरा साथ दिया। विशेष रूप से, मैं अपने पाठकों का शुक्रिया अदा करना चाहता हूँ, जिनके हाथ में आज यह पुस्तक है। यदि इस कहानी का कोई भी पन्ना आपके दिल को छू सके या आपको आपके किसी पुराने मित्र की याद दिलाकर उनसे बात करने का हौसला दे सके, तो मैं समझूँगा कि मेरा लेखन सार्थक हुआ।

अंत में, यह पुस्तक हर उस इंसान के नाम है जिसने कभी न कभी 'रिजेक्शन' झेला है, जो रातों को जागकर किसी के रिप्लाई का इंतज़ार करता रहा है, और जिसने अंततः यह सीखा है कि दुनिया में सबसे ज़रूरी रिश्ता खुद से होता है।

आशा है, शौर्य का यह सफर आपको पसंद आएगा।

— चिन्मय महाजन

आभार

एक पुस्तक का पूरा होना केवल एक लेखक की यात्रा नहीं होती, बल्कि उन सभी लोगों के मौन समर्थन और विश्वास का परिणाम होती है जो पर्दे के पीछे खड़े रहते हैं। "तुम्हारे ही रहेंगे हम" को शब्दों का रूप देने के इस सफर में मैं उन सभी का हृदय से आभारी हूँ जिन्होंने मेरी लेखनी और मेरे विचारों को संबल प्रदान किया।

सबसे पहले, मैं उस स्वयं शक्ति का धन्यवाद करता हूँ जिसने मुझे भावनाओं को समझने और उन्हें कागज़ पर उतारने की प्रेरणा दी।

मैं अपने माता-पिता का विशेष रूप से आभारी हूँ, जिन्होंने हमेशा मेरी रचनात्मकता पर भरोसा किया और मुझे वह एकांत और धैर्य दिया जो एक उपन्यास लिखने के लिए अनिवार्य होता है।

मैं अपने उन सभी मित्रों का धन्यवाद करता हूँ, जिन्होंने इस कहानी के शुरुआती ड्राफ्ट्स को पढ़ा और अपनी बेबाक राय दी। विशेष रूप से मेरे 'क्रिटिक' दोस्तों का शुक्रिया, जिन्होंने कथापर लंबी चर्चाएं कीं।

मैं अपने प्रकाशक और उनकी पूरी टीम का भी आभारी हूँ, इसे एक सुंदर पुस्तक का आकार देने में अपनी पूरी मेहनत झोंक दी। संपादन से लेकर कवर डिज़ाइन तक, आप सभी का योगदान अमूल्य है।

अंत में, मैं अपने उन सभी पाठकों का अग्रिम आभार व्यक्त करता हूँ, जो इस पुस्तक को पढ़ेंगे। एक लेखक तभी जीवित रहता है जब उसके पात्र किसी पाठक की सोच में जगह बना लें।

आप सभी का तहे दिल से शुक्रिया।

प्रेम प्राप्त करना नही होना जरुरी है।
प्रेम अधिकार नही जिने कि स्थिती है।
जिसके लिये समर्पण आवश्यक है।

रात के दो बज रहे थे।
सन्नाटा इतना भयानक था कि शौर्य को अपनी ही धड़कनें किसी नगाड़े की तरह सुनाई दे रही थीं। कमरे की पीली रोशनी उसकी आँखोंमें चुभ रही थी, लेकिन उसने लाइट बंद करने की हिम्मत नहीं की। उसे डर था कि अंधेरा उसे निगल जाएगा।
वह बिस्तर पर बेतरतीब पड़ा था। उसके हाथ में उसका स्मार्टफोन था—एक ऐसा यंत्र जो आज उसके लिए दुनिया का सबसे दर्दनाक खिलोना बन गया था। उसने कांपती उंगलियोंसे एक बार फिर 'अंकुश' का नाम सर्च किया। स्क्रीन की नीली रोशनी उसके चेहरे पर पड़ रही थी, जिससे उसके चेहरे की पीलापन और आँखोंके नीचे के काले घेरे और भी डरावने लग रहे थे।
उसने कॉल बटन दबाया।
ट्रीन... ट्रीन... ट्रीन... हर घंटी के साथ शौर्य की सांसें अटक रही थीं। उसे लग रहा था कि शायद इस बार...शायद इस बार .. शायद इस २८वीं बार में अंकुश का दिल पसीज जाए। शायद वह फोन उठा ले और बस इतना कह दे, "सॉरी शौर्य मैं सो गया था।" लेकिन नहीं। अंत में वही मशीनी आवाज़ आई— "द सब्सक्राइबर यू आर कॉलिंग इज नॉट पिकिंग अप द कॉल।"
शौर्य ने फोन को बिस्तर पर पटक दिया। गुस्सा, हताशा और अपमान का एक मिला-जुला सैलाब उसके सीने में उमड़ पड़ा। उसने पिछले तीन घंटोंमें अनगिनत मैसेज भेजे थे।
"अंकुश, क्या हम बात कर सकते हैं?"
"प्लीज, एक बार फोन उठाओ।"
"क्या हमारी तीन साल की दोस्ती का यही अंत है?"
व्हाट्सएप पर 'Double Tick' दिख रहे थे, जो इस बात का प्रमाण थे कि अंकुश का इंटरनेट चालू है। वह शायद किसी और से बात कर रहा था, या शायद बस शौर्य के मैसेजेस को 'इग्नोर' कर रहा था।

यह अनदेखा किया जाना किसी शारीरिक चोट से कहीं ज्यादा दर्दनाक था।

अंकुश, शौर्य का सबसे करीबी दोस्त। वैसे दोनों न एक जगह रहते थे न साथ मै पढ़ते थे पर इंस्ताग्राम के जरिये दोनों एक दुसरे से मिले थे। अंकुश का मिजाज और लहेजा कुछ मस्ताना था। और शौर्य को उसे जीवन को लेकर स्थिर होता देखना था। उसी वक़्त दोनों की दोस्ती एक नए मोड़ पर स्वर हो गयी। पर चिंता थी अंकुश के स्वभाव की। शौर्य ने अपने दिल को उसके सामने खुला करने का प्रयास किया। पर वोह असफल रहा।

उसे बार बार कुछ वक़्त पहले बिता हुआ दृश्य याद आ रहा था। अंकुश के घर के बालकनी का वह सोफा, ठंडी होती कॉफी और अंकुश का वह सपाट चेहरा। दोनो पुरानी यादो मै खोये थे। तभी शौर्य ने वक़्त के लेह्जे को समझ कर अंकुश को अपने दिल कि बात कह दि। अंकुश ने बिना किसी भावना के कहा , "शौर्य तुम बहक रहे हो। हम सिर्फ दोस्त रहें तो बेहतर है। मुझे तुममें वो 'फिलिंग ' महसूस नहीं होती ।"

शौर्य के लिए वे शब्द नहीं थे, वे उसके अस्तित्व पर किए गए प्रहार थे। वह जिस इंसान को अपनी दुनिया का केंद्र मान चुका था, उसके लिए शौर्य मात्र एक 'दोस्त' था जिसे ज़रूरत पड़ने पर पीछे छोड़ा जा सकता था। यह कहकर अंकुश बेडरूम मै चला गया। शौर्य अकेला बैठा बिते पल और अपनी भावनओको समझने कि कोशिश कर राहा था। उसे पता नही चला कि कब न जाने उसकी आंखो से अश्कोकी बरसात होने लगी थी। ये सब अंकुश देख कर अनदेखा कर रहा था। अंकुश घंटो तक वहा अकेला बैठा रहा। उसने देखा अंकुश सो गया था। शौर्य ने बालकनी छोडी और अंकुश को बिना बताये अपने घर चल दिया। घर आते हि पीछे के दरवाजे वोह अपने कमरे मै आ गया। आते ही उसने बिस्तर को पकड लिया। कुछ वक़्त वोह बिस्तर पर पडा रहा। उसका मन बिचल गया था।

वह बिस्तर से उठा और पागलोंकी तरह कमरे में टहलने लगा। उसका दम घुट रहा था। वह बालकनी की ओर भागा और लोहे की ठंडी रेलिंग को कसकर पकड़ लिया। रात की ठंडी हवा उसके चेहरे से टकराई, पर उसके भीतर लगी आग को बुझाने में नाकाम रही। तभी, कमरे के फर्शपर लाठी की खट-खट सुनाई दी। शौर्य ने पीछे मुड़कर नहीं देखा, वह जानता था कि इस घर में उसकी खामोश चीखोंको सुनने वाला सिर्फ एक ही इंसान है।

दादाजी धीरे-धीरे चलते हुए बालकनी तक आए। उन्होंने कुछ देर तक शौर्य के साथ उस अंधेरी रात को निहारा।

दादाजी : "ये सितारे कितने शांत हैं न शौर्य " दादाजी की आवाज़ में एक असीम ठहराव था।

दादाजी : "इन्हें फर्क नहीं पड़ता कि नीचे धरती पर कौन रो रहा है और कौन हँस रहा है। वे बस अपनी चमक बिखेरते हैं।"

शौर्य की आँखोंसे आंसू बह निकले।

शौर्य : "वह फोन नहीं उठा रहा दादाजी। क्या मैं इतना बेकार हूँ? क्या मेरा प्यार उसके लिए इतना सस्ता था कि उसने मुझे कचरे की तरह बाहर फेंक दिया?"

दादाजी ने एक गहरी सांस ली और पास की कुर्सी पर बैठ गए।

दादाजी : "बेटा, तुमने प्रेम को 'कब्जा' समझ लिया है। जब हम किसी से प्यार करते हैं, तो हम अनजाने में उसे अपना गुलाम बनाने की कोशिश करते हैं। हम चाहते हैं कि वह वैसे ही सोचे, वैसे ही बोले और वैसे ही महसूस करे जैसा हम चाहते हैं। और जब वह वैसा नहीं करता, तो हमें लगता है कि हमारा प्रेम अपमानित हुआ है।"

शौर्य:"पर दादाजी, मैंने उसे अपना सब कुछ दिया! क्या बदले में थोड़ी सी अटेंशन मांगना गलत है?"

दादाजी: "गलत नहीं है, पर वह 'प्रेम' नहीं है। वह 'व्यापार' है। सच्चा प्रेम वह है जो बिना किसी उम्मीद के किया जाए। अंकुश ने 'ना' कहकर तुम्हें आजाद किया है, शौर्य। उसने तुम्हें यह मौका दिया है

कि तुम अपने भीतर झाँको और देखो कि क्या तुम खुद से प्यार करते हो?"

दादाजी ने अपनी लाठी को जमीन पर टिकाया और गंभीर होकर बोले, "उसका नाम क्या है? अंकुश ना। जानते हो अंकुश का अर्थ क्या होता है? वह औजार जिससे हाथी को वश में किया जाता है। नियतिने तुम्हारे जीवन में अंकुश को इसलिए भेजा ताकि तुम्हारी बेलगाम भावनाओं पर एक 'अंकुश' लग सके। तुम अपनी भावनाओंके हाथी पर सवार होकर खुद को तबाह कर रहे थे।"

शौर्य उनकी बातोंको समझने की कोशिश कर रहा था। उसकी सिसकियाँ थमने लगी थीं।

दादाजी: "प्रेम का अर्थ किसी को पा लेना नहीं है। प्रेम का अर्थ है खुद को समर्पित करना। उसने फोन नहीं उठाया, यह उसकी सच्चाई है। तुमने उसे याद किया, यह तुम्हारी सच्चाई है। अब अपनी इस ऊर्जाको नफरत में मत बदलो। नफरत भी एक तरह का जुड़ाव ही है। उसे मुक्त कर दो, और खुद भी मुक्त हो जाओ।"

उन्होंने शौर्य के सिर पर हाथ रखा। "जाओ, इस दर्दको स्याही बनाओ। दुनिया में जितने भी महान कवि और लेखक हुए हैं, उनके शब्दोंमें जो कशिश है, वह किसी न किसी 'नकार' से ही उपजी है। जो तुम्हें न मिल सका, उसे पन्नोंपर उतार दो।"

"और हा रात बोहोत हो गयी है । यहाँ ज्यादा वक़्त खड़ा मत रहो, ठंडी हवा की वजह से बीमार हो जाओगे । जल्दी अन्दर जाना । और ज्यादा चिंता मत करो । सब ठीक होगा । ", यह कहकर दादाजी अपने कमरे मै चले गये।

दादाजी के जाने के बाद कमरे का वातावरण बदल चुका था। शौर्य को अब फोन की स्क्रीन डरा नहीं रही थी। उसने फोन उठाया, उसे 'साइलेंट' किया और दराज के सबसे अंधेरे कोने में डाल दिया।

उसने कमरे की मुख्य लाइट जलाई। प्यार मै बिछडने का दर्द उससे सहा नही जा रहा था । वह अलमारी के पास गया । अलमारी मै रखे

दादाजी के निंद कि गोली के बॉक्स से एक गोली निकालकर उसने खा ली। फिर मेज के पास आकर मेज पर जमी धूल को साफ़ किया। वहां एक पुरानी डायरी रखी थी और एक फाउंटेन पेन, जो उसके पिताजी ने उसे कॉलेज के पहले दिन दिया था। शौर्य ने पेन में स्याही भरी। उसे ऐसा महसूस हुआ जैसे वह अपने ही घावोंसे खून निकाल कर उसे स्याही बना रहा हो।

उसने डायरी का पहला पन्ना खोला। सफेद कागज उसे चुनौती दे रहा था कि क्या वह अपने दर्दको शब्दोंमें ढाल पाएगा? शौर्य ने आँखें बंद कीं, अंकुश के उस चेहरे को याद किया जिसने उसे कभी हँसाया था और आज सबसे ज्यादा रुलाया था। उसने लंबी सांस ली और पन्ने पर अपनी आत्मा निचोड़ दी।

पूरी रात की तड़प, वे २७ अनकही कॉलें और दादाजी की गहरी बातें... सब कुछ महज़ चार लाइनोंमें सिमट आया। उसने कांपते हाथोंसे अपनी किताब की पहली और आखिरी सच्चाई लिखी:

"रात के अँधेरे मै, सपनो के पेहरे मै, मौत की परछाई मेरे कानो मै कुछ इतना कह गयी;

की कंबख्त मुझे हि अब गले लगाले, क्योकी तेरी मोहोब्बत तोः अधुरी रेह गयी। "

सूरज की पहली किरण ने अभी शौर्य के कमरे की खिड़की पर दस्तक ही दी थी कि उसके सिरहाने रखे मोबाइल ने अपनी कर्कश रागिनी छेड़ दी। 'ट्रीन-ट्रीन... ट्रीन-ट्रीन...' यह अलार्म नहीं, मानो कोई युद्ध का बिगुल था। उसकी आँखें बंद थीं, पर हाथ किसी अंधे खोजी की तरह बिस्तर के चारों ओर मोबाइल को ढूंढ रहे थे।

दाएँ हाथ ने तकिए को पटका, बाएँ हाथ ने चादर को उधेड़ा, लेकिन वह कम्बख्त मोबाइल हाथ नहीं लग रहा था। शौर्य ने झुंझलाहट में एक ज़ोरदार हाथ साइड टेबल की ओर मारा। लेकिन मोबाइल की जगह उसका हाथ उस नीले कांच के फ्लावर पॉट से टकराया जिसे उसकी माँ ने बड़े चाव से सजाया था।

अगले ही पल— 'कड़कड़ाती झंकार' के साथ वह पॉट फर्शपर बिखर गया।

कमरे में सन्नाटा छा जाना चाहिए था, लेकिन उस टूटने की आवाज़ ने घर कि चंडिका को जगा दिया था। शौर्य की माँ, जो रसोई में चाय चढ़ा रही थीं, उस आवाज़ को पहचानती थीं। उनके लिए वह सिर्फ कांच नहीं, उनकी पसंद का कत्ल था।

"शौर्य SSS! आज तूने फिर कुछ फोड़ दिया?" रसोई से माँ की दहाड़ सुनाई दी।

शौर्य की नींद एक सेकंड में उड़ गई। उसे पता था कि अब जो आने वाला है, वह किसी सुनामी से कम नहीं होगा। उसने अभी बेड से पैर नीचे उतारा ही था कि कमरे का दरवाजा धड़ाम से खुला। माँ खड़ी थीं—हाथ में गीला पोछा, माथे पर गुस्से की लकीरें और आँखोंमें वह चमक जिसे देखकर अच्छे-अच्छे सूरमा कांप जाएँ।

"मम्मी... वो... गलती से..." शौर्य हकलाया।

"गलती? तेरी हर गलती मेरे बजट और मेरी मेहनत पर भारी पड़ती है!" माँ ने पोछा मेज पर पटका और उसकी ओर लपकीं।

शौर्य समझ गया कि संवाद का समय समाप्त हो चुका है, अब केवल 'पलायन' ही एकमात्र विकल्प है। वह बिजली की गतिसे बेड के

दूसरी ओर से कूदा और कमरे से बाहर भागा। पीछे-पीछे माँ, "आज तो तुझे अपनी नानी याद दिला दूँगी!" कहते हुए उनके पीछे दौड़ पड़ीं।

शौर्य हॉल में पहुँचा, जहाँ उसके पिताजी बड़े ही आराम से अपनी सुबह की पहली चाय का आनंद ले रहे थे। वे चश्मा नाक पर टिकाए अखबार की हेडलाइंस में डूबे हुए थे। शौर्य पीछे मुड़कर देख रहा था कि माँ कितनी दूर हैं, और इसी हड़बड़ाहट में उसका पैर कालीन में फँसा और वह सीधा पिताजी की मेज से जा टकराया।

'छपाक...'

गर्म चाय का प्याला उछला और सीधे पिताजी के कोरे सफेद कुर्ते और ताज़ा-तरीन अखबार पर जा गिरा।

पिताजी: "अरे! सर्वनाश! शौर्य क्या तू अंधा हो गया है? मेरा अखबार... मेरी चाय!"

पिताजी की कुर्सी पीछे खिसकी, पर शौर्य तब तक सोफे को ऊँची छलांग लगाकर लांघ चुका था। उसे पता था कि अगर वह रुका, तो पिताजी का अनुशासन और माँ का पोछा मिलकर उसका कचरा कर देंगे।

हॉल के दूसरे कोने में दादाजी अपनी छड़ी के सहारे धूप सेंक रहे थे। उनके हाथ में अखबार का दूसरा हिस्सा था। शौर्य ने वहां से मुड़ने की कोशिश की, लेकिन फर्शपर गिरी चाय की वजह से वह फिसल गया। गिरते-गिरते उसने संतुलन बनाने के लिए जो हाथ मारा, वह सीधा दादाजी के अखबार के बीचों-बीच लगा।

'चिर्र्रर्र...'

अखबार के दो टुकड़े हो गए। दादाजी के हाथ में सिर्फ किनारे रह गए और मुख्य खबर शौर्य के पैरोंके नीचे थी।

दादाजी: "अरे भाई! ये लड़का है या हनुमान जी? अभी तो मैंने अंतरराष्ट्रीय खबरें पढ़नी शुरू भी नहीं की थीं, इसने तो भूगोल ही बदल दिया!"

अब शौर्य के पास छिपने के लिए एक ही जगह बची थी—घर का सबसे पवित्र और सुरक्षित कोना, दादी का पूजा घर। वहां अगरबत्तियोंकी भीनी खुशबू थी और दादी शांतिसे अपनी माला जप रही थीं।

शौर्य ने चप्पलें बाहर ही फेंकी और किसी बिल्ली की तरह दबे पाँव दादी के पीछे जाकर दुबक गया। उसने दादी के पल्लू का कोना पकड़ लिया।

तभी माँ हाँफते हुए वहां पहुँची। उनका चेहरा लाल था। "छोड़िए माँ जी इसे! आज इसे मत बचाइये। रोज का नाटक है इसका। कभी कुछ तोड़ता है, कभी किसी का नुकसान करता है।"

दादी: (माला पूरी करते हुए, शांत स्वर में) "बस कर बहू! मंदिर की चौखट पर तो अपना ये चंडी रूप त्याग दे। देख बेचारा बच्चा कैसे कांप रहा है।"

माँ: "बच्चा? माँ जी, ये छह फुट का गबरू जवान आपकी शह पर बिगड़ गया है। देखिए जरा बाहर, चाय की नदी बह रही है और अखबार के चिथड़े उड़ रहे हैं!"

अब मोर्चा बदल चुका था। अब लड़ाई शौर्य बनाम माँ नहीं, बल्कि माँ बनाम दादी हो गई थी।

दादी: "अरे, तो क्या हुआ? कांच फूटना शुभ होता है, बला टल गई। और अखबार? वो तो कल रद्दी ही होना था। तू बेकार में सुबह-सुबह घर का माहौल खराब कर रही है।"

माँ: "शुभ? माँ जी, आपको तो इसकी हर शरारत में पुण्य दिखता है। कल को ये घर की छत गिरा देगा, तब भी आप कहेंगी कि हवा आने के लिए रास्ता बनाया है!"

दादी मुस्कुराईं और माँ का हाथ पकड़कर उन्हें शांत कराया। "जा, तू जाकर दूसरी चाय बना। और शौर्य के लिए भी एक प्याला रख देना। मैं इसे समझाती हूँ।"

माँ पैर पटकती हुई रसोई की ओर चली गईं, लेकिन उनके जाने की गति बता रही थी कि गुस्सा अब ठंडा हो रहा है।

दादी ने शौर्य की ठुड्डी पकड़कर ऊपर किया। "अब निकल बाहर, मेरी सुरक्षा कवच से। और सुन, आज चुपचाप बिना शोर किए तैयार हो जा। माँ का दिल जीतना है तो आज कॉलेज जाने से पहले रसोई में जाकर उसे एक बार सॉरी बोल देना, समझ गया?"

शौर्य ने राहत की सांस ली। उसे लगा जैसे वह किसी बड़े युद्ध से जीवित लौट आया हो। वह धीरे से उठा, टूटे हुए पॉट के टुकड़ोंको सावधानी से समेटा और अपने कमरे की ओर बढ़ गया।

नहाने के बाद जब उसने आईने में खुद को देखा, तो उसके चेहरे पर एक मुस्कान थी। घर की यह खट्टी-मीठी नोकझोंक उसे जीवन की जीवंतता का अहसास करा रही थी। उसने सफेद कुर्ता -पाजामा पहना, बाल संवारे और एक नई ऊर्जाके साथ कमरे से बाहर निकला।

घर के आँगन में उत्सव का रंग चढ़ चुका था। हवा में भीगे हुए चने, गुड़ और नारियल की खुशबू तैर रही थी। दादाजी अपनी पुरानी आराम कुर्सी छोड़कर आज आंगन के बीचो-बीच खड़े थे। उनके हाथ में वह पुरानी छड़ी नहीं, बल्कि एक छोटा सा केसरिया झंडा था, जिसे देखकर ऐसा लग रहा था मानो बरसो पुराना कोई योद्धा फिर से मैदान में उतर आया हो। दादी ने चांदी की एक छोटी सी हांडी को फूलो और मोतियो की मालाओं से सजाकर छत की मुंडेर से नीचे लटकाया था।

यह एक परंपरा थी—बाहर की दुनिया में बड़ी हांडी फोड़ने से पहले घर की इस छोटी सी हांडी का पूजन होता था, जो परिवार की एकता और मिठास का प्रतीक थी। शौर्य जब तैयार होकर बाहर आया, तो उसकी आँखो में एक नई चमक थी। उसने सफेद कुर्ता -पाजामा पहना था और माथे पर लाल तिलक उसके व्यक्तित्व को एक अलग ही गांभीर्य दे रहा था।

"अरे वाह! हमारा कान्हा तो तैयार है," दादी ने हाथ में आरती की थाली घुमाते हुए कहा।

उनकी आवाज़ में वह प्रेम था जो शौर्य के जीवन मै प्रेम भरने का काम करता था। मां ने पास आकर शौर्य के कंधे पर हाथ रखा। उनकी आँखो में चिंता और प्यार का एक अजीब मिश्रण था। मां का हाथ पकडकर विद्यालय मै जाने वाला शौर्य अब कॉलेज कि प्रांगण मै जाने लगा है। उन्हे हमेशा डर लगा रेहता था कि कही शौर्य के साथ कही गलत ना हो जाये। उन्होने शौर्य से कहा, "कृष्ण भगवान ने जैसे महाभारत मै अर्जुन का साथ दिया था वैसे हि वोह हमेशा तेरे साथ रहे इसलिये आज भगवान से प्रार्थना करना है बेटा "

पिताजी, जो आमतौर पर थोड़े सख्त स्वभाव के थे, आज थोड़े नरम पड़ गए थे। उन्होने शौर्य की पीठ थपथपाई और बोले, "शौर्य, दही हांडी सिर्फ एक खेल नहीं है। यह सिखाता है कि जब लक्ष्य बहुत ऊँचा हो और आप अकेले वहां तक न पहुँच पाएं, तो अपनो का आधार लेना चाहिए। एक दुसरे का हाथ थामकर जो 'पिरामिड' बनता है, वही समाज की असली ताकत है।"

शौर्यने सिर झुकाकर पिताजी की बात स्वीकार की। उसने महसूस किया कि अब वोह जीवन के उस कगार पर खडा है जहा से उसकी जिंदगी नया मोड लेने वाली है।

शौर्य ने जैसे ही हांडी की ओर हाथ बढ़ाया, पूरा घर तालियो की गड़गड़ाहट से गुंज उठा। दादाजी ने शंख बजाया, जिसकी आवाज़ ने घर की नकारात्मकता को जैसे कोसो दूर धकेल दिया। शौर्य ने हांडी फोड़ी और जैसे ही दही और माखन के छींटे उसके चेहरे पर पड़े, वह खिलखिलाकर हँस पड़ा। यह वह हँसी थी, जिसे परिवार हमेशा शौर्य के चेहरे पर देखना चाहता था।

"आज मेरा पोता सच में एक 'विजेता' लग रहा है," दादाजी ने गदगद होकर कहा।

"अब जाओ, कॉलेज का उत्सव तुम्हारा इंतज़ार कर रहा है। याद रखना, वहां केवल जीतना ही नहीं, बल्कि उस ऊर्जा को महसूस करना जो तुम्हें एक नया इंसान बनाएगी।"
आज की सुबह ने उसे सिखा दिया था कि चाहे बाहर की दुनिया कितनी भी कठिन क्यों न हो, घर के इस 'शोर' में ही सबसे बड़ा सुकून छिपा है। वह अब तैयार था—एक नई शुरुआत के लिए, एक नए दिन के लिए।
दादी की नसीहत शौर्य के कानोंमें गूंज रही थी। वह दबे पाँव रसोई की ओर बढ़ा। वहां मां उत्सव के भोग को सजा रही थीं। शौर्य ने पीछे से जाकर धीरे से माँ के कंधे पर हाथ रखा।

" सोरी मम्मी,प्रोमीस। आज के बाद कोई गलती नही होगी। " मां ने उसे देखा। उनका गुस्सा पिघल चुका था, आखिर माँ का दिल था। उन्होंने एक बिस्किट उसके मुँह में ठूँसते हुए कहा, "बड़ा आया प्रॉमिस करने वाला! जा, कॉलेज के लिए लेट हो रहा है। और हाँ, दही हांडी में ज्यादा जोश मत दिखाना, हड्डी-वड्डी मत तुड़वा लेना अपनी।"

शौर्य मुस्कुराया, माँ के पैर छुए और अपनी बाइक की चाबी उठाकर बाहर की ओर भागा। उसे नहीं पता था कि आज वह केवल दही हांडी ही नहीं, बल्कि अपना दिल भी कहीं हारने वाला है।

शौर्य जब अपनी बाइक से विश्वविद्यालय के मुख्य द्वार पर पहुँचा, तो नज़ारा कुछ और ही था। पूरा शहर जैसे वहीं उमड़ आया था। हर तरफ केसरिया झंडे लहरा रहे थे। ढोल-ताशो की आवाज़ इतनी तीव्र थी कि ज़मीन में कंपन महसूस हो रहा था।

जैसे ही शौर्य ने कॉलेज के गेट के अंदर अपनी बाइक झुकाई, टायर की चरमराहट के साथ धूल उड़ी। सामने का नज़ारा देखकर उसने माथा पीट लिया—वही पुराने नमूने, वही पुरानी रौनक।

अनिरुद्ध और पार्थ दूर से ही हाथ ऐसे हिला रहे थे जैसे शौर्य कोई जंग जीतकर आ रहा हो। अनिरुद्ध ने पास पहुँचते ही उसने शौर्य के कंधे पर एक ऐसी धौल जमाई कि लगा फेफड़े पसलियो से बाहर आ जाएँगे।

"ओए हीरो! आज तो बड़ा चमक रहा है, घर पर क्या मार पड़ी है या लॉटरी लगी है?",अनिरुद्ध ने हसते हुये कहा। शौर्य ने उसे घूर कर देखा, पर अंदर ही अंदर उसने एक राहत महसूस की।

अनिरुद्ध ... इसे जो नहीं जानता, वो समझो कॉलेज को नहीं जानता। ये कोई लड़का नहीं, चलता-फिरता 440 वोल्ट का करंट है। नाम है इसका 'अनिरुद्ध' यानी जिसे रोका न जा सके । और यकीन मानिए, इसे कोई रोक भी नहीं सकता—खासकर फालतूके पंगो में कूदने से। पिछले साल की वो काली रात शौर्य को याद आती होगी

जब उसके दादाजीका का एक्सीडेंट हुआ था। हाथ में फूटी कौड़ी नहीं थी क्योकी मां – पिताजी विदेश मै थे। दादीजी केदारनाथ गयी थी और अस्पताल वाले पैसे बिना जमा किए इलाज शुरू नहीं कर रहे थे। शौर्य टूटकर कॉरिडोर के कोने में बैठा था। तभी ये पागल अनिरुद्ध आया। इसने बिना शौर्य के एक शब्द कहे अपनी नई पल्सर बाइक की चाबी एक कबाड़ी को थमा दी और आधे दाम में बेच दी ताकि शौर्य के पास कैश पहुँच सके । जब शौर्यने रोते हुए पूछा कि 'क्यो किया?' तो अनिरुद्ध ने उसे एक थप्पड़ मारा और बोला—"गाड़ी तो फिर आ जाएगी, पर अगर दादाजी को कुछ हुआ तो मेरा भाई मर जाएगा।" ये है अनिरुद्ध। अभीभी शौर्य अनिरुद्ध के उस थप्पड़ की टीस महसूस हि कर रहा होता है कि पार्थ ने आकर उसे गले लगा लिया। पार्थ..... अगर अनिरुद्ध तलवार है, तो पार्थ शौर्यकी ढाल है। इसे इनके ग्रुप का 'अर्जुन' कहते हैं। शांत, गंभीर और निशाने का पक्का। जब कॉलेज के इलेक्शन में कुछ गुंडो ने शौर्य को कॉलेज के पीछे घेर लिया था और धमकी दी थी कि 'नाम वापस ले ले वरना हाथ-पांव सलामत नहीं रहेंगे', तब पार्थ अकेला था जो बीच में आकर खड़ा हो गया था। उसने बस इतना कहा था— "शौर्य तक पहुँचने के लिए पहले मेरी लाश से गुजरना होगा।" उस दिन उसने चार टाके लगवाए थे, पर शौर्य को एक खरोच तक नहीं आने दी। इससे पहले कि शौर्य उन दोनो को अपने घर की 'सुनामी' की गाथा सुना पाता, कुमुद और निशु वहा आ पहुँचीं।

"शौर्य, आज दही हांडी के लिए जोश कैसा है?" कुमुद ने अपनी वही चिर-परिचित सौम्य मुस्कान के साथ पूछा। कुमुद और निशु..... इन्हें सब ग्रुप की 'शांति सेना' कहते हैं। कुमुद—नाम जैसा ही स्वभाव। सफेद कमल जैसी। जब शौर्य फेल होने के डर से डिप्रेशन में चला गया था, तब ये कुमुद ही थी जो हर रोज़ शौर्य के लिए बिना मांगे नोट्स बनाकर लाती थी और कहती थी—"तू कर लेगा शौर्य, बस खुद पर भरोसा रख।" और निशु... ज्ञान का ऐसा झरना कि प्रोफेसर

भी इससे सवाल पूछने से डरते हैं। जब ग्रुप में कोई बहस होती है, तो निशु का एक तर्क सबको खामोश कर देता है। वो सिर्फ दोस्त नहीं, सबकी गाइड है। जब शौर्य का मन अशांत होता है, तो निशु की बातें गंगा जल की तरह सब साफ कर देती हैं।

"जोश तो भरपूर है, बस घर की सुनामी से बचकर आया हूँ," शौर्य ने मुस्कुराते हुए जवाब दिया।

तभी तृप्ति अपना भारी बैग संभालते हुए आई। "सब लोग बातें बाद में करना, पहले ये पोहे और परांठे खा लो। हांडी चढ़ने तक एनर्जी चाहिए!"

अवनी ने तुरंत पानी की बोतलें निकालीं और सबको लाइन में खड़ा करने लगी।

ये रही सबकी 'मम्मी नंबर ।' और 'मम्मी नंबर 2'। तृप्ति का बस चले तो वो पुरे कॉलेज को गोद ले ले। उसे सबको खिलाने और सबका ख्याल रखने में जो संतोष मिलता है, वो किसी और में नहीं । एक बार जब शौर्य ने घर मै झगडा किया और रात भर कॉलेज कि रीडिंग मै जाके बैठ गया। पर उसे जब भूक लगी और घर के खाने कि याद आयी, तब तृप्ति ने रात के ।2 बजे वार्डन से छुपकर हीटर पर शौर्य के लिये खिचड़ी बनाई थी। और अवनी ..... कसम से, अगर अवनी न होती तो ग्रुप के सब अब तक किसी न किसी मुसीबत में पड़कर कॉलेज से सस्पेंड हो चुके होते। वो सबको व्यवस्थित रखती है, सबके जख्मो पर मरहम लगाती है। वो ग्रुप का कल्याण चाहती है, इसीलिए उसको 'मां कल्याणी' कहकर सब चीडाते भी है । तभी सैंडल की 'खट-खट' सुनाई दी। मानिनी अपने चश्मे को ठीक करते हुए वहा से गुजरी, उसके पीछे रिद्धि थी।

मानिनी और रिद्धि ..... मानिनी का मतलब ही होता है 'स्वाभिमानी'। वो ग्रुप की सबसे 'बॉसी' और सख्त लड़की है। उसका अपना एक अलग औरा है। उसने एक बार प्रिंसिपल के सामने खड़े होकर पूरी

क्लास की वकालत की थी जब सबको गलत तरीके से फंसाया गया था। उसका आत्म-सम्मान सबको झुकना नहीं, लड़ना सिखाता है।

और उसके ठीक पीछे है रिद्धि ...

रिद्धि इस ग्रुप की धड़कन है। अगर माहौल गंभीर हो जाए, तो रिद्धि का एक चुटकुला या उसकी छोटी सी मुस्कान सब ठीक कर देती है। वो 'सुलक्षणा' है, क्योकि उसके आने से ग्रुप के सारे झगड़े सुलझ जाते हैं।

मैदान के बीचो-बीच शोर बढ़ रहा था। वहा निशांत और विनीत अपनी शर्ट की आस्तीनें चढ़ाए दुसरे ग्रुप से भिड़े हुए थे। और अंत में, दो पावर हाउस। निशांत.....वो सिर्फ ताकतवर नहीं है, वो सुरक्षा की दीवार है। एक बार पहाड़ो पर ट्रेकिंग के दौरान जब शौर्य का पैर फिसल गया था, तो निशांत ने एक हाथ से शौर्य का बैग और दूसरे से उसका हाथ पकड़कर शौर्य को मौत के मुँह से खींच लिया था। उसकी पकड़ में जो जान है, वो भरोसा दिलाती है कि सब सुरक्षित हैं। और विनीत.... जिसकी आवाज़ में शेर जैसी दहाड़ है। जब वो जोश में आता है, तो विरोधी अपने आप पीछे हट जाते हैं। उसका उत्साह संक्रामक है।

शौर्यने अपनी बाइक की चाबी जेब में डाली और इस 'अजूबो के मेले' की तरफ बढ़ा। मैदान में डीजे बज रहा था, गुलाल उड़ रहा था और चारो तरफ 'गोविंदा रे गोपाला' की गुंज थी। शौर्य को लगा था कि आज का दिन सिर्फ हांडी फोड़ने और नाचने-गाने के बारे में होगा। शौर्य को क्या पता था कि इस भीड़ में, इन हज़ारो चेहरो के बीच, कुदरत ने उसके लिए एक ऐसी 'मुलाकात' लिख रखी है, जो उसके दिल के तार ऐसे झनझना देगी कि ये सारे दोस्त भी फीके लगने लगेंगे।

तभी कॉलेज के मुख्य द्वार से एक जीप अंदर आई, जिस पर कॉलेज की डांस टीम सवार थी। संगीत बदल गया। अब ढोल-ताशोंकी जगह एक रूहानी सी धुन बजने लगी।

भीड़ छंटने लगी और बीच मैदान में वह खड़ी थी—मीनाक्षी। युवाओके भीड मै वह सूरज की किरणों कि तरह चमक रही थी। शौर्य जो अभी तक निशांत और विनीत के साथ चिल्ला रहा था, अचानक पत्थर का बुत बन गया। उसके कान सुन्न हो गए। उसे अपने आसपास के दोस्तोंकी आवाजें सुनाई देनी बंद हो गई थीं। जैसे ही ढोल पर पहली चोट पड़ी, मीनाक्षी ने थिरकना शुरू किया। उसका हर कदम एक कविता जैसा था। जब वह हवा में हाथ लहराती, तो शौर्य को लगता जैसे कोई अप्सरा स्वर्गसे सीधे इस कंक्रीट के मैदान में उतर आई हो। उसकी आँखोंका काजल, उसकी नाक की नथ, और उसके चेहरे पर आता वह पसीना—शौर्य के लिए यह दुनिया का सबसे सुंदर दृश्य था।

उसने मीनाक्षी को एक ऐसी ऊँचाई पर देख लिया था जहाँ से नीचे उतरना नामुमकिन था। उसे लगा कि यह लड़की इस धरती की है ही नहीं। वह तो कोई 'अच्युत' प्रतिमा है, जिसे केवल दूर से पूजा जा सकता है।

अनिरुद्ध ने शौर्य को हिलाया, "अबे ओ! कहाँ खो गया? पिरामिड बन रहा है, चल!"

शौर्य ने एक गहरी सांस ली। उसने मीनाक्षी की ओर देखा, जिसने अभी-अभी नाचते हुए अपनी गर्दन झटकी थी और उसकी आँखोंकी एक क्षणिक चमक शौर्य की ओर से गुजरी थी। उस पल शौर्य ने जान लिया—आज दही हांडी तो फूटेगी, पर उसका दिल पहले ही मीनाक्षी के चरणोंमें फूट चुका है।

शौर्य की आँखोंने आज तक जो भी देखा था, वह सब धुंधला हो गया। सामने मंच के पास मीनाक्षी खड़ी थी, और शौर्य को लगा जैसे वह किसी पुरानी पौराणिक गाथा के पन्नोंसे निकलकर साक्षात सामने आ खड़ी हुई हो। वह शौर्य से दो साल वरिष्ठ थी, और यह वरिष्ठता केवल कक्षा की नहीं, बल्कि उसके व्यक्तित्व की गरिमा में भी झलक रही थी।

उसका चेहरा एक पूर्णमासी के चंद्रमा के समान था, जिस पर 'सौम्यता' और 'अधिकार' का अनूठा संगम था। उसकी रंगत कश्मीरी केसर जैसी थी, जिसमें ढलते सूरज की लालिमा घुल गई थी। उसकी आँखें—ओह! वे आँखें नहीं, बल्कि गहरे नीले सागर के दो शांत तट थे। उन आँखोंमें एक ऐसी गहराई थी जिसमें डूबना शौर्य को दुनिया का सबसे बड़ा पुण्य लगा। उसकी पलकें जब झपकतीं, तो मानो किसी मंदिर के कपाट खुलते और बंद होते हों। काजल की वह महीन लकीर उसकी आँखोंकी सीमाओंको परिभाषित कर रही थी, जो किसी को भी मंत्रमुग्ध करने के लिए पर्याप्त थी।

मीनाक्षी ने एक गहरे मरून और सुनहरी जरी वाली महाराष्ट्रीयन 'नौवारी' साड़ी पहनी थी, जो उसकी वरिष्ठता और शालीनता को और अधिक निखार रही थी। उसकी कमर पर बँधा 'कमरपट्टा' उसके हर कदम के साथ एक मद्धम सी खनक पैदा कर रहा था। उसके हाथोंमें हरी कांच की चूड़ियाँ थीं, जो उत्सव के संगीत के साथ अपनी जुगलबंदी कर रही थीं। उसके गले में पड़ा 'चिंचपेटी' हार और कान की 'बुगड़ी' उसकी परंपरा के प्रति प्रेम को दर्शारही थी।

सबसे अधिक आकर्षक थी उसकी 'नथ'। वह छोटी सी मोतियोंकी नथ जब उसकी सांसोंके साथ धीरे-धीरे हिलती, तो शौर्य का हृदय अपनी धड़कनें भूल जाता। उसके माते पर सजी एक छोटी सी चंद्रकोर बिंदी उसके 'मराठमोला' रूप को पूर्णता दे रही थी।

जब उसने ढोल की थाप पर नृत्य शुरू किया, तो उसकी वरिष्ठता का सारा अनुशासन जैसे कला में विलीन हो गया। वह सीनियर होकर भी किसी चंचल हिरणी की तरह थिरक रही थी।

उसके खुले बाल, जो उसकी कमर तक लहरा रहे थे, नृत्य के दौरान एक काला झंझावात पैदा कर रहे थे। जब वह गोल घूमती, तो उसकी साड़ी का घेर एक खिलते हुए कमल की तरह प्रतीत होता। उसके चेहरे पर आने वाले 'भाव'—कभी उल्लास, कभी भक्ति, और कभी एक राजसी गर्व—शौर्य को यह यकीन दिला रहे थे कि वह कोई साधारण मानवी नहीं है।

शौर्य ने सुना था कि मीनाक्षी न केवल पढ़ाई में अव्वल है, बल्कि उसका स्वभाव इतना गरिमामय है कि बड़े-बड़े उद्दंड लड़के भी उसके सामने सिर झुकाकर निकलते हैं। वह उस कॉलेज की 'क्वीन' थी, लेकिन वह क्वीन जो ताज से नहीं, बल्कि अपने चरित्र और प्रतिभा से राज करती थी। उसके मन में मीनाक्षी के लिए कोई तुच्छ शारीरिक आकर्षण नहीं, बल्कि एक गहरी 'वंदना' थी।

उसने उसे एक ऐसे ऊँचे सिंहासन पर बिठा दिया था, जहाँ से वह उसे केवल देख सकता था, छूने की कल्पना करना भी उसे पाप लगता था। वह उसकी सीनियर थी, और यह फासला शौर्य के लिए उस प्रेम को और बढ़ा रहा था। वह उसे 'दीदी' कहने की हिम्मत नहीं कर सकता था और 'नाम' लेने की उसकी हैसियत नहीं थी। वह उसके लिए बस 'वह' थी—उसकी ईश्वर, उसकी प्रेरणा।

मैदान के बीचों-बीच पिरामिड बनाने की होड़ लगी थी। शौर्य के ग्रुप के दो 'बाहुबली'— निशांत और विनीत — जोश में होश खो रहे थे। उनकी ताकतवर भुजाएं फड़क रही थीं और वे दूसरे कॉलेज से आए लड़कों को अपनी दबंगई दिखा रहे थे।

तभी धक्का-मुक्की के बीच, विनीत का हाथ वहां रखे एक सजावटी स्टैंड से जा टकराया, जिस पर सांस्कृतिक विभाग की कुछ कीमती सामग्री रखी थी। स्टैंड लड़खड़ाया और गिरने ही वाला था कि एक सुकोमल लेकिन दृढ़ हाथ ने उसे थाम लिया।

वह मीनाक्षी थी।

नृत्य के बाद उसके चेहरे पर जो लालिमा थी, वह अब क्रोध के कारण और गहरी हो गई थी। उसने अपनी नथ ठीक की और अपनी कड़क आवाज़ में कहा, "उत्सव मनाने आए हो या तोड़-फोड़ करने? अगर जोश संभाल नहीं सकते, तो पिरामिड से नीचे उतर जाओ।"

निशांत और विनीत , जो अपनी ताकत के घमंड में चूर थे, किसी लड़की से ऐसी बात सुनकर तिलमिला गए। निशांत आगे बढ़ा, "सुनो सीनियर होंगी तुम अपने घर की, हमें मत सिखाओ। यहाँ ताकत का खेल चल रहा है, नजाकत का नहीं।"

पूरे मैदान में सन्नाटा छा गया। संगीत की आवाज़ जैसे धीमी पड़ गई। मानिनी ने दूर से चिढ़कर देखा, जबकि रिद्धि डर के मारे शौर्य के पीछे छिप गई।

शौर्य का कलेजा मुँह को आ गया। एक तरफ उसके 'जिगरी यार' थे जो उसके लिए किसी भी लड़ाई में कूद सकते थे, और दूसरी तरफ वह 'देवी' थी जिसकी वह मन ही मन आरती उतार रहा था। उसने देखा कि मीनाक्षी की आँखों में अपमान के आंसू नहीं, बल्कि एक शेरनी जैसी चमक थी। वह दबने वालों मेंसे नहीं थी।

"निशांत ! जुबान संभाल!"

शौर्य की आवाज़ उसके अपने कानों को भी अजनबी लगी। उसने भीड़ को चीरते हुए बीच में कदम रखा। अनिरुद्ध ने उसे रोकने की कोशिश की, पर शौर्य आज किसी और ही शक्तिसे संचालित था।

उसने निशांत और विनीत के सामने हाथ फैला दिए। "पागल हो गए हो क्या? वे हमारी सीनियर हैं और सही कह रही हैं। अनुशासन के बिना ये उत्सव केवल हंगामा है। माफी मांगो अभी।"

निशांत ठिठका। उसने शौर्य की आँखों में वह दृढ़ता देखी जो उसने पहले कभी नहीं देखी थी। शौर्य का शरीर कांप रहा था—डर से नहीं, बल्कि उस 'पवित्र भक्ति' के अपमान की पीड़ा से।

मीनाक्षी ने अपनी नजरें निशांत से हटाकर शौर्य पर टिका दीं। शौर्य ने जैसे ही उसकी ओर देखा, उसे लगा जैसे उसने साक्षात सूर्यकी

ओर देख लिया हो। वह तुरंत झुक गया, उसकी नजरें मीनाक्षी के जूतों पर टिक गईं।

"सॉरी दी... सॉरी, मैम," शौर्य हकलाया। "ये लोग बस जोश में थे, इनका इरादा बुरा नहीं था।"

मीनाक्षी ने शौर्य को ऊपर से नीचे तक देखा। उसने गौर किया कि यह लड़का बाकी लड़कों जैसा नहीं है। इसकी आँखों में वासना या घमंड नहीं, बल्कि एक अजीब सी 'श्रद्धा' थी—वैसी ही श्रद्धा जैसी किसी मंदिर के गर्भगृह में प्रवेश करते समय होती है।

मीनाक्षी का स्वर थोड़ा कोमल हुआ। "नाम क्या है तुम्हारा?"

शौर्य को लगा जैसे स्वर्गकी अप्सरा ने उसका नाम पुकारने की अनुमति दे दी हो। श...शौर्य । फस्ट ईयर, बी.बी.ए.।"

मीनाक्षी ने एक हल्की सी, लगभग अदृश्य मुस्कान के साथ कहा, "शौर्य .. अपने दोस्तों को संभालो। ताकत का सही इस्तेमाल करना सीखो।"

वह मुड़ी और अपनी सहेलियों के साथ वहां से चली गई। उसकी पायल की आखिरी झंकार शौर्य के कानों में किसी आशीर्वाद की तरह गूंजी।

जैसे ही वह गई, निशांत ने शौर्य के गले में हाथ डाला। "अबे ओए! तू तो बड़ा छुपारुस्तम निकला। हमारी बलि चढ़ाकर मैडम की गुड बुक्स मेंआ गया?"

विनीत भी हंसा, "अरे छोड़ न निशांत , देख तो सही, इसकी हालत देख। जैसे किसी ने इसे सम्मोहित कर दिया हो।"

कुमुद और निशू उसके पास आईं। कुमुद ने धीरे से कहा, "शौर्य तूने आज बहुत सही काम किया। मीनाक्षी मैडम का सम्मान सब करते हैं, तूने हमारे ग्रुप की इज्जत बचा ली।"

तृप्ति ने उसे एक लड्डू पकड़ाया, "ले, अब तेरा शुगर लेवल लो हो गया होगा, ये खा ले।"

लेकिन शौर्य को न लड्डू का स्वाद आ रहा था, न दोस्तों के ताने सुनाई दे रहे थे। वह बस उस जगह को देख रहा था जहाँ मीनाक्षी खड़ी थी। उसके पैरों के निशान अभी भी वहां की धूल में अंकित थे। उसने मन ही मन सोचा, "उन्होने मेरा नाम पूछा।उन्होने मुझे 'शौर्य कहा।"

वह अब केवल एक छात्र नहीं था। वह उस साम्राज्य का एक छोटा सा सेवक बन चुका था, जिसकी रानी मीनाक्षी थी। उसे पता था कि एक जूनियर और सीनियर के बीच का फासला बहुत बड़ा है, लेकिन आज उस फासले के बीच 'परिचय' का एक छोटा सा पुल बन गया था।

दही हांडी के उस हंगामे ने शौर्य के जीवन की दिशा बदल दी थी। अब उसके लिए कॉलेज का मतलब केवल लेक्चर अटेंड करना नहीं, बल्कि उस 'आभा' के करीब रहना था जिसने उसके हृदय पर कब्ज़ा कर लिया था।

कॉलेज का वह शोर, वह धूल, और गुलाल से सराबोर हवा अब पीछे छूट चुकी थी, लेकिन शौर्य के भीतर एक अलग ही संसार रच चुका था। जब उसने अपने घर की दहलीज पर कदम रखा, तो उसे लगा जैसे वह एक युग बिताकर लौटा हो। घर की चिर-परिचित खुशबू, जिसमें चमेली के फूलो और अगरबत्ती का मिश्रण था, उसे शांत करने की कोशिश कर रही थी। शौर्य का शरीर थककर चूर था। उसकी कमीज पर अभी भी कहीं-कहीं गुलाबी गुलाल के निशान थे, जो आज की ऊर्जा के गवाह थे। लेकिन उसकी आँखो में जो चमक थी, वह थकान की नहीं, बल्कि एक नई खोज की थी। वह सीधे हाथ-मुँह धोकर अपने कमरे में जाने के बजाय बरामदे की ओर मुड़ गया। बरामदे में एक पुराना सागौन का झूला था, जहा दादाजी बैठे थे। उनके पास ही दादी पीतल की परात में कुछ अनाज साफ कर रही थीं। वहा का सन्नाटा कॉलेज के उस कोलाहल से बिल्कुल विपरीत था।

दादाजी: "आ गया मेरा शौर्य! आज तो तेरे चेहरे पर थकान से ज़्यादा कोई गहरी सोच दिख रही है। सुना है आज दही हांडी में तेरे दोस्त— अनिरुद्ध, पार्थ, निशांत और विनीत ने कमाल कर दिया?पुरे इलाके में तुम्हारे कॉलेज के उत्सव की चर्चा है।"

शौर्य दादाजी के पैरो के पास फर्श पर बैठ गया। उसने अपना सिर दादाजी के घुटने पर टिका दिया, जैसे वह अपनी उलझन को उनके साथ साझा करना चाहता हो।

शौर्य: "हा दादाजी, उत्सव तो बहुत बड़ा था। निशांत की ताकत ने सबको हैरान कर दिया, वह पुरे पिरामिड की नींव बना रहा। और विनीत... उसकी फुर्ती तो ऐसी थी जैसे हवा का झोका। पर दादाजी, आज मेरी आँखो ने कुछ ऐसा देख लिया कि मेरा मन उस भीड़ से निकल ही नहीं पाया।"

दादी: (हल्की मुस्कान के साथ) "क्या बात है लल्ला? आज तू खेल की बात कम और मन की बात ज़्यादा कर रहा है। क्या किसी ने तुझे सम्मोहित कर लिया?"

हृदय की गहराई से शौर्य ने अपनी आँखें मुंद लीं। बंद पलको के पीछे उसे फिर वही दृश्य दिखने लगा—मटकी फूटने के बाद का वह जश्न, और उस जश्न के बीच नाचती हुई वह लड़की।

शौर्य: "दादी, उसका नाम मीनाक्षी है। जब ढोल अपनी पूरी रफ़्तार पर थे और हर कोई शोर मचा रहा था, वह नाच रही थी। उसे देखकर ऐसा नहीं लगा कि वह केवल नाच रही है, बल्कि ऐसा लगा जैसे वह संगीत का ही एक हिस्सा है। उसकी आँखो में वह चमक थी जो मैंने कभी किसी और में नहीं देखी—जैसे सागर की गहराई और आकाश की शांति एक साथ मिल गई हो।"

उसने आगे कहा, "उसे देखकर मुझे अपनी सहेलियो की याद आई। उसमें निशु जैसी एक सहज पवित्रता थी, जैसे कोई बहती हुई नदी। उसमें कुमुद जैसी एक कोमलता थी, जैसे सुबह की पहली ओस। और उसकी मुस्कान में रिद्धि जैसा एक ऐसा विश्वास था जो किसी

को भी अपना बना ले। वह भीड़ में थी, पर उस भीड़ का हिस्सा नहीं लग रही थी। वह सबसे अलग, सबसे शांत और सबसे सुंदर थी।"
शौर्य की आवाज़ में एक ऐसी गंभीरता थी जिसे सुनकर दादाजी और दादी भी मौन हो गए। वे समझ गए थे कि यह केवल एक किशोरावस्था का आकर्षण नहीं, बल्कि कुछ अधिक गहरा है। दादाजी ने शौर्य के सिर पर हाथ रखा। उनके हाथ की गर्माहट शौर्य को सांत्वना दे रही थी।

दादाजी: "बेटा शौर्य, जीवन में 'मीनाक्षी' का मिलना केवल संयोग नहीं होता। मछली की आँखें कभी बंद नहीं होतीं, वे हमेशा जागरूक रहती हैं। वैसे ही, सच्चा प्रेम इंसान की आत्मा को जगा देता है। तूने आज उसे अपनी आँखो से नहीं, बल्कि अपने अस्तित्व से देखा है।" उन्होने आगे समझाया, "प्रेम उस अर्जुन की तरह है जो अजेय है, जिसे कोई रोक नहीं सकता। लेकिन उसे संभालने के लिए तुझे पार्थ जैसी निष्ठा और निशांत जैसा धैर्य चाहिए होगा। अगर तू उसे पाना चाहता है, तो तुझे अपनी भावनाओं को निधि जैसा गरिमापूर्ण और तन्वी जैसा संतोषजनक बनाना होगा।"

दादी: "शौर्य, प्रेम केवल उसे देख लेना नहीं है, बल्कि उसके प्रति सम्मान रखना भी है। आज जो तूने महसूस किया है, उसे अपने भीतर संजोकर रख। अवनी और बाकी सब तुझे चिढ़ाएंगे, पर तू अपनी इस भावना की पवित्रता को कम मत होने देना।"

रात गहरी हो चुकी थी। चांदणी बरामदे में उतर आई थी। शौर्य ने महसूस किया कि घर वालो से यह बात साझा करके उसका मन हल्का हो गया है। उसने दादाजी और दादी के पैर छुए और अपने कमरे की ओर बढ़ गया। कमरे की खिड़की से बाहर देखते हुए उसने सोचा कि कल जब वह कॉलेज की सीढ़िया चढ़ेगा, तो वह पुराना शौर्य नहीं होगा। उसके पास अब एक उद्देश्य था—मीनाक्षी से मिलना, उसका परिचय जानना और उसे यह बताना कि उस भीड़ में किसी की नजरे उस पर ठहर गई थीं। उसके मन में अब भी वही

संगीत गुंज रहा था, और उस संगीत की हर लय पर बस एक ही नाम था—मीनाक्षी.....।

अगले दिन शौर्य जब कॉलेज के गेट पर पहुँचा, तो उसे लगा जैसे हवाओं में अभी भी कल के गुलाल की खुशबू और ढोल-ताशो की गुंज बाकी है। वह शांत कदम बढ़ा रहा था, लेकिन उसकी नजरे भीड़ में केवल एक ही चेहरे को तलाश रही थीं। तभी पीछे से एक ज़ोरदार धक्का लगा और अनिरुद्ध ने उसके गले में हाथ डाल दिया।

"ओ हो! हमारे मजनू भाई आ गए! क्यो शौर्य, कल रात नींद तो आई थी ना या बस चांद से बातें करते रहे?" अनिरुद्ध ने शरारत भरी मुस्कान के साथ कहा।

पास ही खड़े पार्थ ने चुटकी लेते हुए कहा, "नींद कैसे आएगी? इसे तो 'मीनाक्षी-रोग' लग गया है। क्यो शौर्य, आज तो डायरी और पेन लेकर आए होगे, उसकी आँखो पर कविता लिखने के लिए?"

शौर्य ने झेंपते हुए कहा, "चुप करो तुम लोग! ऐसा कुछ नहीं है।"

तभी निशांत और विनीत भी वहा आ पहुँचे।

निशांत ने शौर्य के कंधे पर अपना भारी हाथ रखा और बोला, "देख भाई, कल मटकी तो हमने फोड़ दी, लेकिन तेरा दिल किसने फोड़ा, ये हमें आज पता लगाना ही होगा।"

विनीत ने अपनी चिर-परिचित दहाड़ जैसी आवाज़ में कहा, "अरे, पता क्या लगाना, आज तो हम पूरा कॉलेज छान मारेंगे। बस एक बार इशारा कर देना कि वह है कहा!"

शौर्य अपने इन दोस्तो से बचकर आगे बढ़ना चाहता था कि तभी सामने से सहेलियो की टोली आती दिखी। अवनी, निशु और रिद्धि के चेहरो पर भी वही शरारती मुस्कान थी।

निशु ने पास आकर बड़े दार्शनिक अंदाज़ में कहा, "शौर्य, सुना है कल तुमने 'पवित्रता' और 'ज्ञान' की नई परिभाषा ढूँढ ली है? मीनाक्षी... नाम तो बड़ा गहरा है।"

रिद्धि ने मुस्कुराते हुए साथ दिया, "हा शौर्य, कल तो तुम ऐसे देख रहे थे जैसे साक्षात् अप्सरा उतर आई हो। बताओ तो सही, अब आगे का क्या प्लान है?"

अवनी ने बडी बेहन जैसी गंभीरता दिखाते हुए कहा, "देखो दोस्तो, इसे ज़्यादा पेरशान मत करो। लेकिन शौर्य, याद रखना, अगर बात आगे बढ़ानी है तो पहले उसके बारे में जानना होगा।"

तभी वहा कुमुद और मानिनी भी आ गईं।

मानिनी ने अपने स्वाभिमानी अंदाज़ में कहा, "शौर्य, अगर वह लड़की वाकई खास है, तो हिम्मत जुटाओ और सीधे बात करो। इधर-उधर घूमने से कुछ नहीं होगा।वैसे भी मुझे वोह इतनी खास नही लगती।"

शौर्य इन सब की बातो से बचकर लाइब्रेरी की तरफ जा रहा था कि तभी उसकी टक्कर एक लड़की से हुई। वह लड़की किताबें लिए जा रही थी।

"अरे! देखकर भाई!" उस लड़की ने चिढ़ते हुए कहा।

शौर्य ने जल्दी से उसकी किताबें उठाईं और कहा,"माफ़ करना, मेरा ध्यान कहीं और था।"

उस लड़की ने शौर्य को गौर से देखा और फिर मुस्कुराई।

"तुम वही हो न, जो कल दही हांडी के वक्त पागलो की तरह उस तरफ देख रहे थे जहा हम लोग नाच रहे थे?"

शौर्य ठिठक गया।

"तुम... तुम वहा थी?"

"हा, मैं नयना हूँ। और तुम जिसकी तलाश में अपनी आँखें थका रहे हो, वह मीनाक्षी मेरी सबसे अच्छी सहेली है। हम बचपन के दोस्त हैं।"

नयना ने रहस्यमयी मुस्कान के साथ कहा। शौर्य के दिल की धड़कनें तेज़ हो गईं। उसे यकीन नहीं हो रहा था कि जिस कड़ी की उसे तलाश थी, वह खुद उसके सामने खड़ी है।

शौर्य: "नयना... क्या तुम सच कह रही हो? क्या तुम मुझे उसके बारे में कुछ बता सकती हो?"

नयना और मीनाक्षी के बचपन की शुरुआत एक ही गली और एक ही प्राइमरी स्कूल से हुई थी। नयना शुरू से ही चंचल, मुँहफट और दुनियादारी समझने वाली लड़की थी, जबकि मीनाक्षी एक शांत झील की तरह थी—गहरी और स्थिर। वह बचपन का हादसा नयना याद करती है कि जब वे तीसरी कक्षा में थीं, तब स्कूल के कुछ बड़े लड़को ने मीनाक्षी की ड्राइंग बुक छीनकर फाड़ दी थी। मीनाक्षी रोई नहीं थी, बस अपनी फटी हुई किताब को सीने से लगाकर एक कोने में खड़ी हो गई थी। तब नयना ही थी जिसने उन लड़को से भिड़कर उनकी शिकायत प्रिंसिपल से की थी। उसी दिन मीनाक्षी ने नयना का हाथ थामा था और तब से आज तक वह हाथ नहीं छूटा। नयना जानती है कि मीनाक्षी के भीतर भावनाओं का सैलाब है, लेकिन उसने अपने चारो ओर एक ऐसी दीवार बना रखी है जिसे भेदना हर किसी के बस की बात नहीं। मीनाक्षी को 'दिखावा' और 'उतावलापन' सख्त नापसंद है। कॉलेज के शुरुआती दिन जब वे दोनो इस कॉलेज में आईं, तो कई लड़को ने मीनाक्षी की सुंदरता और उसकी सादगी पर लट्टू होकर उसे प्रपोज करने की कोशिश की। नयना ने अपनी आँखो से देखा था कि कैसे एक लड़के ने सरे आम घुटनो पर बैठकर मीनाक्षी को गुलाब देने की कोशिश की थी। मीनाक्षी ने उस दिन उस लड़के को अपमानित नहीं किया, लेकिन उसकी आँखो में जो 'ठहराव' और 'तिरस्कार' था, उसने उस लड़के को यह अहसास करा दिया कि वह कितनी गलत जगह दस्तक दे रहा है।

मीनाक्षी ने तब नयना से कहा था, "नयना, जो इंसान बिना जाने, बिना बात किए सिर्फ चेहरा देखकर 'प्यार' का दावा करता है, उसका प्यार मिट्टी के ढेर जैसा होता है।"

नयना की शौर्य को चेतावनी यही कारण था कि जब शौर्य ने नयना से मीनाक्षी के बारे में पूछा, तो नयना के दिमाग में वे सारी पुरानी घटनाएं घूम गईं। उसने शौर्य को ऊपर से नीचे तक परखा। उसने देखा कि शौर्य के साथ उसके दोस्तो की फौज—अनिरुद्ध,पार्थ, निशांत और विनीत—हमेशा खड़ी रहती है।

नयना ने शौर्य को एक तरफ ले जाकर बड़े गंभीर लहजे में कहा: "देखो शौर्य, तुम लड़के लोग जिसे 'लव एट फर्स्ट साइट' कहते हो न, मीनाक्षी की डिक्शनरी में उसे 'बचपना' कहा जाता है। वह कोई ऐसी-वैसी लड़की नहीं है जो तुम्हारे कॉलेज के हीरो वाली इमेज देखकर पिघल जाए। अगर तुम आज सीधे जाकर उसे आई लव यू बोल दोगे, तो समझ लेना कि तुम्हारी दाल कभी नहीं गलेगी। वह तुम्हें ब्लॉक कर देगी—न केवल अपने फोन से, बल्कि अपनी जिंदगी से भी।"

शौर्य: "तो मैं क्या करूँ नयना? मेरा इरादा गलत नहीं है।"

नयना: "इरादा सही होना काफी नहीं है, शौर्य। तरीका भी सही होना चाहिए। उसे वे लोग पसंद हैं जो पहले इंसान को समझते हैं, फिर दिल की बात करते हैं। उसे 'भीड़' पसंद नहीं है। तुम अपने इन दोस्तो के लश्कर के साथ उसके सामने मत जाना। निशांत और विनीत की ताकत या अनिरुद्ध और पार्थ का शोर उसे डरा देगा या चिढ़ा देगा। उसे एकांत पसंद है।"

नयना ने शौर्य को मीनाक्षी की पसंद-नापसंद के बारे में विस्तार से बताया। उसने बताया कि कैसे मीनाक्षी को बारिश में भीगने से ज़्यादा, बारिश को खिड़की से बैठकर देखना पसंद है। उसे बनावटी तारीफो से नफरत है। अगर कोई उसकी सुंदरता की तारीफ करता है, तो वह उससे दूर हो जाती है। लेकिन अगर कोई उसकी पसंद की किताब या उसके विचारो पर चर्चा करता है, तो वह उसके लिए अपने मन के द्वार खोल देती है।

नयना ने कहा: "शौर्य, मीनाक्षी एक ऐसी किताब है जिसका कवर बहुत सादा है, लेकिन उसके पन्ने बहुत कीमती हैं। उसे सीधे पाने की कोशिश मत करो। पहले उसकी परछाई बनो, फिर उसकी आदत, और उसके बाद शायद उसके दिल का हिस्सा। अगर तुम सीधे टकराए, तो टूट जाओगे।"

शौर्य नयना की एक-एक बात को पत्थर की लकीर मान रहा था। उसने महसूस किया कि निशु, अवनी और रिद्धि ने भी उसे यही संकेत दिए थे, लेकिन नयना ने तो जैसे मीनाक्षी का पूरा नक्शा ही उसके सामने रख दिया था। शौर्य का संकल्प नयना की बातें सुनने के बाद शौर्य के मन में मीनाक्षी के लिए सम्मान और बढ़ गया। वह समझ गया कि यह कोई आसान सफर नहीं है।

उसने नयना से वादा किया, "मैं उतावलापन नहीं दिखाऊंगा नयना। मैं उसे यह अहसास दिलाऊंगा कि मैं उसकी केवल सुंदरता का नहीं, बल्कि उसके अस्तित्व का कायल हूँ।"

नयना मुस्कुराई।

"देखते हैं शौर्य। फिलहाल तो मेरी बात याद रखना—सीधा मत मिलना, वरना दाल नहीं गलेगी। मैं तुम्हें सही समय और सही मौके का इशारा करूँगी।" इतना कह कर नैना बाहर चली गयी। शौर्य भी अपने दोस्तोको धुंडते हुये कॅन्टीन मै चला गया।

उत्सव के दो दिन बाद, कॉलेज फिर से अपनी पुरानी लय में लौट आया था। शौर्य कॉरिडोर से गुजर रहा था कि उसकी नजर मुख्य

सूचना पटल पर पड़ी। वहां एक बड़े से पोस्टर पर सुनहरे अक्षरों में लिखा था:
> "कॉलेज सांस्कृतिक समिति (Cultural Committee) – नए सदस्यों का स्वागत है!"
> अध्यक्षा: कु. मीनाक्षी (अंतिम वर्ष)

शौर्य का दिल जोर से धड़का। 'अध्यक्षा'—यह शब्द उसके लिए किसी साम्राज्य की साम्राज्ञी जैसा था। उसने बिना सोचे-समझे फॉर्म भरने का निश्चय किया।
तभी पीछे से अनिरुद्ध ने उसके कंधे पर हाथ रखा। "अबे, तू और कल्चरल कमेटी? तू तो स्टेज पर खड़ा होकर अपना नाम भी ठीक से नहीं बोल पाता, वहां क्या करेगा?"
शौर्य ने दृढ़ता से कहा, "मैं वहां काम करूँगा। पीछे रहकर, पर्देके पीछे। मुझे बस... सीखना है।"
अनिरुद्ध मुस्कुराया, वह शौर्य की आँखों की चमक समझ रहा था। "सीखना है या 'उसे' देखना है? खैर, जो भी हो, तेरा भाई तेरे साथ है।"
शौर्य फॉर्म लेकर कैंटीन पहुँचा, जहाँ पूरी टोली जमा थी।

मानिनी ने फॉर्म देखते ही नाक सिकोड़ी, "शौर्य वहां बड़े 'हाई-प्रोफाइल' लोग होते हैं। मीनाक्षी मैडम बहुत स्ट्रिक्ट हैं, सुना है वो बात भी उन्हीं से करती हैं जिनका काम परफेक्ट हो।"

अवनी ने शौर्य का उत्साह बढ़ाते हुए कहा, "कोई बात नहीं, तू मेहनत करना। मैं तेरे लिए रोज एक्स्ट्रा टिफिन लाऊंगी क्योंकि कमेटी के काम में देर हो जाती है।"

पार्थ और निशांत ने भी हामी भरी। निशांत ने अपनी छाती ठोकते हुए कहा, "अगर कोई वहां तुझे परेशान करे, तो बस एक बार याद करना। हम वहां की कुर्सियां सीधी कर देंगे!"

शौर्य ने कांपते हाथों से फॉर्म भरा। 'रुचि' वाले कॉलम में उसने लिखा— 'प्रबंधन और व्यवस्थापन'। वह उसके करीब रहना चाहता था, पर किसी साये की तरह, ताकि उसकी 'प्रेम' में कोई खलल न पड़े।

साक्षात्कार वाले दिन शौर्य ने अपनी सबसे साफ सफेद शर्ट पहनी। वह ऑडिटोरियम के बाहर कतार में खड़ा था। अंदर से एक-एक करके छात्र बाहर आ रहे थे, किसी के चेहरे पर पसीना था तो कोई रोने जैसा चेहरा बनाए हुए था।

"अगला... शौर्य " अंदर से एक खनकती हुई आवाज़ आई। वह आवाज़ नैना की थी।

शौर्य ने गहरे सांस ली और अंदर प्रवेश किया। बड़े से हॉल के बीचों-बीच एक लंबी मेज लगी थी। बीच में मीनाक्षी बैठी थी, उसके दोनों तरफ दो अन्य सीनियर छात्र थे। मीनाक्षी के सामने एक रजिस्टर खुला था और उसके हाथ में एक 'पार्कर' पेन था।

उसने सिर उठाकर देखा। उसकी आँखों में वही राजसी तेज था। "ओह, तो तुम हो! दही हांडी वाले शौर्य । बैठो।"

शौर्य लकड़ी की कुर्सीपर ऐसे बैठा जैसे वह काटों का ताज हो। "थैंक यू, मैम।"

मीनाक्षी ने उसका फॉर्म देखा। "मैनेजमेंट? तुम्हें पता है इसमें कितनी मेहनत लगती है? घंटों खड़ा रहना पड़ता है, गालियां सुननी पड़ती हैं और सारा क्रेडिट परफॉर्मर्सले जाते हैं। तुम क्यों करना चाहते हो यह?"
शौर्य ने उसकी आँखों में झाँकने की हिम्मत जुटाई। "मैम, मुझे चमकना नहीं है। मुझे बस उस 'प्रक्रिया' का हिस्सा बनना है जो कुछ खूबसूरत रचती है। अगर पर्देके पीछे रहकर मैं एक ईंट भी जोड़ सकूँ, तो मेरे लिए वही बहुत है।"
मीनाक्षी का पेन एक पल के लिए रुक गया। उसने शौर्य को गौर से देखा। उसकी बातों में वह 'निस्वार्थ भाव' था जो आज के समय में दुर्लभ है।
"ठीक है शौर्य " उसने रजिस्टर में कुछ नोट किया। "कल से शाम ४ बजे रिपोर्ट करना। और याद रहे, मुझे अनुशासन पसंद है। अगर एक भी गलती हुई, तो तुम बाहर हो जाओगे।"
"जी मैम, पूरी कोशिश करूँगा," शौर्य ने झुककर कहा।
जब शौर्य ऑडिटोरियम से बाहर निकला, तो उसे लगा जैसे वह हवा में तैर रहा हो। उसे 'सांस्कृतिक समिति' का सदस्य चुन लिया गया था। अब वह आधिकारिक तौर पर मीनाक्षी का 'अधीनस्थ' था।
शाम को घर पहुँचते ही उसने दादी के पैर छुए। दादी ने पूछा, "क्या हुआ रे? बड़ा चहक रहा है।"
शौर्य ने हंसते हुए कहा, "दादी, आज मुझे एक मंदिर में सेवा करने का मौका मिला है।"
दादी को लगा शायद वह कॉलेज के किसी सामाजिक कार्य की बात कर रहा है, पर शौर्य का 'मंदिर' तो अब कॉलेज का वह ऑडिटोरियम था जहाँ उसकी 'देवी' विराजमान थी।
अगले दिन से शौर्य का नया जीवन शुरू हुआ। वह कॉलेज खत्म होने के बाद रुकता, भारी कुर्सियां उठाता, स्टेज की साफ-सफाई करता, और कलाकारों के लिए पानी लाता। मीनाक्षी अक्सर वहां खड़ी

होकर निर्देश देती। वह कभी-कभी शौर्य की ओर देखती और बस गर्दन हिलाकर उसके काम को स्वीकृति दे देती।

शौर्य के लिए वह एक स्वीकृति ही किसी ऑस्कर अवार्डसे कम नहीं थी। वह दूर खड़ा होकर उसे देखता—कैसे वह अपने बालों को बांधती है, कैसे वह फ़ाइल पकड़ती है, और कैसे वह छोटी-छोटी बातों पर अपनी भौहें सिकोड़ती है।

वह उसकी सीनियर थी, उसकी बॉस थी, और अब—उसकी पूरी दुनिया थी।

सांस्कृतिक सप्ताह की तैयारियों का दबाव अपने चरम पर था। ऑडिटोरियम के पीछे वाले हिस्से में शौर्य और समितिके कुछ सदस्य रात तक काम कर रहे थे। शौर्य के हाथ तारों को सुलझाने और मंच की सजावट को अंतिम रूप देने में व्यस्त थे, लेकिन उसकी आँखें बार-बार उस कोने की ओर चली जाती थीं जहाँ मीनाक्षी फ़ाइलों के ढेर के बीच बैठकर बजट और शेड्यूल की गणित सुलझा रही थी।

तभी, अचानक प्रकृतिने अपनी करवट बदली।

बाहर आसमान ने गहरा नीला रंग ओढ़ लिया था। अचानक बिजली कड़की और देखते ही देखते मूसलाधार बारिश शुरू हो गई। 'छप-छप' की आवाज़ ऑडिटोरियम की टीन की छत पर ढोल की तरह बजने लगी।

"अरे बाप रे! इतनी तेज बारिश!" अनिरुद्ध ने खिड़की से बाहर झाँकते हुए कहा।

"शौर्य अगर अभी नहीं निकले तो पूरी रात यहीं फंस जाएंगे। मैं और बाकी लोग निकल रहे हैं, तू आ रहा है?"

शौर्य ने मीनाक्षी की ओर देखा। वह अभी भी तन्मयता से काम कर रही थी।

"तुम लोग जाओ, मुझे अभी बैकड्रॉप की पेंटिंग सुखाने के लिए ब्लोअर लगाना है, वरना कल तक खराब हो जाएगी।"

शौर्य के सारे दोस्त निकल गए। धीरे-धीरे ऑडिटोरियम के सारे सदस्य चले गए। अब वहां सिर्फ दो ही लोग बचे थे—शौर्य और उसकी आराध्या, मीनाक्षी।
अचानक एक जोरदार बिजली कड़की और पूरा ऑडिटोरियम अंधेरे में डूब गया। 'पॉवर कट'।
मीनाक्षी के हाथ से पेन गिर गया। "ओह! अब यह क्या मुसीबत है?" उसकी आवाज़ में थोड़ी घबराहट थी।
शौर्य ने तुरंत अपने मोबाइल की टॉर्च जलाई। उसकी रोशनी ने अंधेरे को चीरते हुए मीनाक्षी के चेहरे पर एक दिव्य आभा बिखेर दी।
"मैम, घबराइए मत। मैं यहीं हूँ। शायद फ्यूज उड़ गया है।"
वह सावधानी से अंधेरे में रास्ता बनाते हुए मीनाक्षी के पास पहुँचा। उसने पास रखे एक स्टैंड पर अपना फोन इस तरह रखा कि रोशनी सीधी मीनाक्षी की मेज पर न पड़े, बल्कि पूरे कमरे में एक नरम उजाला फैला दे।
"थैंक यू, शौर्य " मीनाक्षी ने गहरी सांस ली और अपनी कुर्सीकी पीठ से टिक गई।
"तुम अभी तक गए नहीं? तुम्हारे दोस्त तो चले गए।"
शौर्य ने शालीनता से जवाब दिया, "मैम, काम अधूरा छोड़ना अच्छा नहीं लगता। और फिर... कोई तो होना चाहिए था जो आपकी सुरक्षा और सहायता के लिए रुकता।"

बारिश की आवाज़ अब एक संगीत की तरह लग रही थी। मीनाक्षी ने अपने चेहरे पर आई एक लट को कान के पीछे किया और शौर्य की ओर देखा।
"तुम बहुत अलग हो शौर्य । मैंने बहुत से जूनियर्स देखे हैं जो सिर्फ दिखावे के लिए कमेटी में आते हैं, पर तुम... तुम बिना कहे ही सब समझ जाते हो।"
शौर्य का हृदय जोर से धड़का।

"मैं बस अपना कर्तव्य निभाने की कोशिश करता हूँ, मैम।"
मीनाक्षी थोड़ी हंसी, एक ऐसी हंसी जो शौर्य ने पहली बार इतनी करीब से सुनी थी।

"मुझे मैम-मैडम कहना छोड़ो।अभी हम कोई मीटिंग में नहीं हैं। मुझे 'मीनाक्षी' बुला सकते हो... या अगर ज्यादा ही शिष्टाचार दिखाना है तो सिर्फ 'दी' कह लो।"

शौर्य के लिए 'मीनाक्षी' कहना सूर्यको दीपक दिखाने जैसा था। उसने धीरे से कहा,

"मैं आपको सिर्फ 'मैडम' हि कह सकता हूँ। "

मीनाक्षी उसकी सादगी और उसकी आँखों में छिपे उस अगाध सम्मान को देखकर दंग रह गई।

शौर्य की आँखो में देखते हुए मीनाक्षी की आवाज़ लड़खड़ाई, लेकिन मन की गहराइयो में यादो का एक तूफान उठ खड़ा हुआ। सच देखें तो मीनाक्षी की बचपन से ही दुनिया वैसी नहीं थी जैसी आज दिखती है।

मीनाक्षी का जन्म एक ऐसे परिवार में हुआ था जहा 'भावनाओं' से ज़्यादा 'वैल्यू' और 'स्टेटस' को तवज्जो दी जाती थी। उसके पिता, शहर के सबसे बड़े उद्योगपति , हमेशा कहते थे— "मीनाक्षी, दुनिया एक बाज़ार है। यहा या तो तुम बिकते हो, या तुम खरीदते हो। कभी मुफ्त में अपनी मुस्कान भी मत देना।"

बचपन में जब दूसरी लड़कियां गुड़ियो से खेलती थीं, मीनाक्षी को 'पर्सनैलिटी डेवलपमेंट' और 'डिप्लोमेसी' के पाठ पढ़ाए जाते थे। उसे सिखाया गया कि कमज़ोरी दिखाना हार की पहली निशानी है। जब वह स्कूल में थी, उसकी एक सबसे अच्छी सहेली थी। मीनाक्षी ने उस पर अटूट विश्वास किया। लेकिन एक दिन उसे पता चला कि वह सहेली उसके साथ सिर्फ इसलिए थी ताकि उसे मीनाक्षी के पिता की कंपनी में उसके भाई के लिए इंटर्नशिप मिल सके । उस दिन मीनाक्षी के बाल-मन पर जो चोट लगी, उसने उसके स्वभाव को हमेशा के लिए बदल दिया। उसने समझ लिया कि : लोग उसके पास सिर्फ फायदे के लिए आते हैं। रिश्ते एक सौदा हैं। अपनी भावनाओं को पत्थर बना लेना ही सुरक्षा है।

कॉलेज पहुँचते-पहुँचते मीनाक्षी 'आइस क्वीन' के नाम से जानी जाने लगी। उसने एक ऐसा मुखौटा पहन लिया जहा उसका स्वभाव सिर्फ़ अपना फायदा देखना बन गया।

कॉलेज के एक बड़े प्रोजेक्ट में, उसने अपनी टीम के सबसे मेहनती लड़के का आईडिया इस्तेमाल किया और सारा क्रेडिट खुद ले लिया। जब उस लड़के ने शिकायत की, तो मीनाक्षी ने ठंडे स्वर में कहा, "दुनिया आईडिया देने वालो को नहीं, उसे एग्जीक्यूट करने वालो को याद रखती है। अगली बार ज़्यादा चालाक बनना।"

वह जानबूझकर उन लोगो से दोस्ती करती जो प्रभावशाली पदो पर थे। उसका घमंड उसकी ढाल था। वह मानती थी कि अगर वह लोगो को डराकर नहीं रखेगी, तो लोग उसे कुचल देंगे।

इतनी कड़वाहट के बीच, सिर्फ़ उसकी 'कला' ही थी जहा वह सच बोलती थी। उसकी नृत्यशैली और उसका काम उसकी रूह का आईना थे। वह दुनिया के सामने 'स्वार्थी मीनाक्षी' थी, लेकिन अपनी कला में वह वही मासूम लड़की थी जो जुड़ना चाहती थी।

फ्लैशबैक की ये यादें मीनाक्षी की आँखो में पानी की एक महीन परत छोड़ गईं। उसने शौर्य की ओर देखा, जिसने पहली बार उसकी सत्ता को दरकिनार कर उसकी रूह को छुआ था। मीनाक्षी ने अपनी बात जारी रखी, " मैडम? इतना सम्मान? क्या बात है शौर्य क्या तुम मुझे सच में कोई देवी समझते हो? सच देखे तो शौर्य, मेरा बचपन उन लोगो के बीच बीता जिन्होने मुझे सिर्फ़ एक 'उपलब्धि ' की तरह देखा। इसलिए मैंने भी खुद को वैसा ही बना लिया। मुझे लगा कि सिर्फ़ अपना फायदा देखना ही ज़िंदा रहने का तरीका है... पर तुम्हारे सामने ये मुखौटा टिक नहीं पा रहा।" शौर्य ने धीमे से उसका हाथ थामा। उसे अब समझ आ रहा था कि मीनाक्षी का घमंड असल में उसका डर था।

शौर्य ने अपनी नजरें झुका लीं। बाहर बारिश की बूंदें कांच की खिड़की पर टकरा रही थीं। "देवी का तो पता नहीं, पर हाँ, जब मैंने

आपको पहली बार दही हांडी में नाचते देखा था, तो मुझे लगा कि सुंदरता और गरिमा का ऐसा मेल शायद ही कहीं और हो। आप जो भी करती हैं, वह 'अच्युत' होता है। मेरे लिए आप एक प्रेरणा हैं।"

मीनाक्षी कुछ देर चुप रही। उसने महसूस किया कि शौर्य का प्यार वह 'छिछोरा' वाला आकर्षण नहीं है जो कॉलेज में अक्सर दिखता है। यह कुछ गहरा था, कुछ पवित्र। मीनाक्षी अपने भूतपर्व मै खो गयी ।

सच देखें तो मीनाक्षी की बचपन से ही दुनिया खुशियो से नहीं, बल्कि उम्मीदो के बोझ से भरी थी।

मीनाक्षी का बचपन शहर के सबसे बड़े बंगले 'विरासत' में बीता। बाहर से देखने वालो को लगता था कि वह राजकुमारी है, लेकिन अंदर केवल सन्नाटा था। उसके पिता, मिस्टर सिंघानिया, एक ऐसे इंसान थे जिनके लिए भावनाएं 'बैलेंस शीट' का हिस्सा थीं। मीनाक्षी को याद आया जब वह पाच साल की थी और स्कूल की रेस में गिर गई थी। उसके घुटने से खून बह रहा था, वह रोते हुए अपने पिता के पास गई। पिता ने उसे गोद में उठाने के बजाय घड़ी देखी और कहा, "सिंघानिया खानदान की लड़कियां रोकर अपनी कमजोरी का तमाशा नहीं बनातीं। जाओ, पट्टी बांधो और कल की तैयारी करो। हारना हमारे खून में नहीं है।" उस दिन मीनाक्षी ने पहली बार अपने आँसू पिए थे। वहींसे उसके स्वभाव में वह कठोरता आनी शुरू हुई। जहा दुसरे बच्चे शाम को पार्क में खेलते थे, मीनाक्षी के लिए घर पर ही शिक्षको की फौज खड़ी रहती थी। उसे घुड़सवारी, फ्रेंच, पियानो और बिजनेस एथिक्स सिखाए जाते थे। उसके पिता ने उसे कभी 'बेटा' या 'बेटी' नहीं समझा, बल्कि अपनी कंपनी का अगला 'एसेट' समझा।

मीनाक्षी ने बताया, "शौर्य, मुझे याद नहीं कि आखिरी बार मैं कब बिना किसी मकसद के हंसी थी। मेरे हर खेल में एक 'जीत' छुपी

होनी ज़रूरी थी। अगर मैं हारती, तो मुझे हफ़्तो तक अकेला छोड़ दिया जाता था।"

इसी अकेलेपन ने उसे स्वार्थी बना दिया, क्योकि उसे लगा कि अगर वह खुद का ख्याल नहीं रखेगी, तो कोई और नहीं रखेगा।

मीनाक्षी के जीवन का सबसे गहरा घाव उसकी सातवीं कक्षा की दोस्त 'सान्या' थी। मीनाक्षी ने सान्या को अपनी डायरी दिखाई थी, अपनी पेंटिंग्स दिखाई थीं। लेकिन सान्या ने वह सब सिर्फ इसलिए किया ताकि वह मीनाक्षी के पैसो से ऐश कर सके। जिस दिन सान्या का जन्मदिन मीनाक्षी न अपने पैसो से फाईव्ह स्टार हॉटेल मै मनाया , सान्या ने मीनाक्षी का फोन उठाना बंद कर दिया। स्कूल में जब मीनाक्षी उसके पास गई, तो सान्या ने सबके सामने कहा, "तुम्हारे साथ दोस्ती करना किसी सजा से कम नहीं है, तुम कितनी घमंडी और बोरिंग हो! तुमसे दोस्ती करना मतलब अपने हाथो से खुद क पैरोपर कुल्हाडी मारने जैसा है "

उस रात मीनाक्षी ने अपनी सारी पेंटिंग्स जला दीं और खुद से वादा किया— "अब से कोई मेरा फायदा नहीं उठाएगा। अब से मैं लोगो का फायदा उठाऊंगी।"

लेकिन एक चीज़ थी जिसे वह कभी खत्म नहीं कर पाई—उसकी कला। वह छुपकर स्कैच बनाती थी। नृत्य करती थी। वह उन रंगो में अपनी घुटन भरती थी। नृत्य के हर चाल मै अकेलापन भूलने कि कोशिश करती थी। उसने शौर्य को बताया कि कॉलेज के फेस्ट में जो उसने पेंटिंग बनाई थी, वह असल में उसकी मा की याद थी, जो उसे बहुत छोटी उम्र में छोड़कर चली गई थीं।

शौर्य उसे सुनता रहा। उसने देखा कि मीनाक्षी का 'घमंड' कोई अहंकार नहीं, बल्कि एक सुरक्षा कवच था। वह डरी हुई थी कि अगर वह नरम पड़ी, तो दुनिया उसे फिर से कुचल देगी। वह स्वार्थी इसलिए थी क्योकि उसे सिखाया गया था कि दुनिया एक रेस है जहा सिर्फ पहले नंबर वाले को जगह मिलती है।

शौर्य ने धीमे से कहा, "मैडम, आपने अब तक सिर्फ़ लड़ना सीखा है... कभी खुलकर सांस लेना नहीं सीखा। यह पद, यह रुतबा आपको ताकत तो दे सकता है, पर सुकून नहीं।"

मीनाक्षी ने अपनी भीगी आँखें पोछीं और शौर्य की ओर देखा। उस रात, उस अंधेरे कमरे में, 'सिंघानिया खानदान की वारिस' हार गई थी और एक मासूम, डरी हुई 'मीनाक्षी' जीत गई थी। मीनाक्षी का डर कोई साधारण डर नहीं था—यह ऊंचाइयो पर खड़े व्यक्ति का वह कंपन था, जिसे नीचे खड़े लोग 'घमंड' समझ बैठते हैं। उस रात ऑडिटोरियम के सन्नाटे में, शौर्य ने महसूस किया कि मीनाक्षी का व्यक्तित्व असल में एक बहुत ही सुंदर लेकिन टूटे हुए कांच के महल जैसा है।

मीनाक्षी के बचपन की सबसे पहली याद उसके पिता की वह नज़र थी, जो हमेशा 'परफेक्शन' तलाशती थी। जब वह छोटी थी, तो वह चाहती थी कि उसके पिता उसे बस इसलिए प्यार करे क्योकि वह उनकी बेटी है, इसलिए नहीं कि उसने क्लास में टॉप किया है। उसे डर था कि अगर उसने एक भी गलती की, तो वह अपने पिता का ध्यान और प्यार खो देगी। परिणाम: इसी डर ने उसे 'परफेक्शनिस्ट' बना दिया। वह हर काम में श्रेष्ठ रहना चाहती थी ताकि कोई उसे नकार न सके ।

उसका घमंड दरअसल उसका रक्षा तंत्र था—"इससे पहले कि तुम मुझे नकारो, मैं तुम्हें अपनी ठोकर पर रखुंगी।"

मीनाक्षी के लिए भावनाएं व्यक्त करना 'निर्वस्त्र' होने जैसा था। उसे लगता था कि जिस पल उसने किसी को यह बता दिया कि उसे दुख हो रहा है या वह अकेली है, उसी पल वह सामने वाले को खुद को चोट पहुँचाने का हथियार दे देगी।

बचपन में जब वह अपनी मा की तस्वीर देख कर रोती थी, तो उसके पिता कहते थे, "कमज़ोर लोग रोते हैं, मीनाक्षी। और सिंघानिया कमज़ोर नहीं होते।"

इसीलिये उसने अपनी भावनाओं को एक तिजोरी में बंद कर दिया। उसे डर था कि अगर उसने शौर्य या किसी और के सामने अपना दिल खोला, तो लोग उसकी संवेदनशीलता का मजाक उड़ाएंगे।
मीनाक्षी के पास सत्ता, पैसा और खूबसूरती सब कुछ था। लेकिन यही उसकी सबसे बड़ी चिंता भी थी। उसे बचपन से ही अनुभव हुआ था कि लोग उससे नहीं, बल्कि उसके 'सरनेम' और उसकी 'पहुँच' से प्यार करते हैं। उसे डर था कि हर मुस्कुराता हुआ चेहरा उसके पीछे कोई न कोई मतलब छिपाए बैठा है। इसी डर की वजह से उसने पहले ही 'अपना फायदा' देखना शुरू कर दिया। उसने सोचा, "इससे पहले कि दुनिया मेरा इस्तेमाल करे, मैं दुनिया का इस्तेमाल करूँगी।" यह उसका स्वार्थ नहीं, बल्कि उसकी 'सर्वाइवल स्ट्रेटेजी' थी।
उसके चारो ओर की दुनिया ने उसे यह विश्वास दिलाया था कि वह 'खास' है। लेकिन उसके भीतर एक छोटा सा कोना डरता था कि अगर उससे यह 'सत्ता' और 'पद' छीन लिया जाए, तो क्या वह कुछ भी नहीं रह जाएगी? वह अपनी पहचान को अपनी उपलब्धियो से जोड़ चुकी थी। उसे डर था कि अगर वह कॉलेज की लीडर नहीं रही, अगर वह सबसे अमीर नहीं रही, तो वह 'अदृश्य' हो जाएगी। कोई उसे देखेगा भी नहीं।
शौर्य ने जब उसकी ये बातें सुनीं, तो उसने महसूस किया कि मीनाक्षी कितनी थकी हुई है। वह इतने सालो से इस भारी भरकम 'डर के मुकुट' को संभाल रही थी।
मीनाक्षी ने सुबकते हुए कहा, "शौर्य, मैं थक गई हूँ हर पल एक दीवार खड़ी करके रखने में। मुझे डर लगता है कि जिस दिन यह दीवार गिरेगी, मैं बिखर जाऊँगी।"
शौर्य ने शांति से उत्तर दिया, "बिखरना बुरा नहीं है मीनाक्षी, क्योकि बिखरने के बाद ही हम खुद को नए सिरे से जोड़ सकते हैं। और इस बार, तुम्हें इसे अकेले जोड़ने की ज़रूरत नहीं है।" यह बातचीत उस

अंधेरे ऑडिटोरियम के एक कोने में हो रही है, जहा बाहर की दुनिया का शोर थमा हुआ है। शौर्य और मीनाक्षी एक-दूसेर के आमने-सामने बैठे हैं। मीनाक्षी की आवाज़ में वह भारीपन है जो सालो के दबे हुए दर्द से आता है।

मीनाक्षी: (एक लंबी सांस लेते हुए) "शौर्य, तुमने कभी सोचा है कि उस सोने के पिंजरे में रहना कैसा होता है, जहा सलाखें लोहे की नहीं, उम्मीदो की होती हैं? लोग मेरा घमंड देखते हैं, पर उस घमंड के पीछे का डर कोई नहीं देखता।"

शौर्य: (नरमी से) "डर कैसा मैडम ? आपके पास तो वह सब कुछ है जिसके लिए लोग पूरी उम्र लड़ते हैं। रुतबा, पैसा, नाम..."

मीनाक्षी: (हल्की कड़वाहट भरी हंसी के साथ) "वही तो डर है शौर्य! यह सब मेरा नहीं है, यह सब मेरे 'नाम' का है। बचपन में जब मैं गिरती थी, तो डैड मुझे उठाने के बजाय ये कहते थे कि 'सिंघानिया गिरते नहीं हैं'। मुझे चोट पर रोने की इजाज़त नहीं थी। मुझे बस 'जीतने' की इजाज़त थी। क्या तुम समझ सकते हो कि एक आठ साल की बच्ची के लिए यह जानना कितना भयानक है कि अगर वह फर्स्ट नहीं आई, तो उसके घर में उसकी कोई जगह नहीं है?"

शौर्य: "तो आपका यह 'सिर्फ अपना फायदा देखना'... क्या यह भी उसी का हिस्सा है?"

मीनाक्षी: (आँखो में आँसू भरते हुए) "हा। जब मेरी पहली और इकलौती दोस्त सान्या ने मुझे सिर्फ़ इसलिए धोखा दिया ताकि उसके जन्मदिन पर वह उसके दोस्तो को फाईव्ह स्टार हॉटेल मै पार्टी दे सके , तब मुझे समझ आया कि दुनिया में कोई भी 'मुफ्त' में प्यार नहीं करता। हर रिश्ते की एक कीमत होती है। मैंने तय कर लिया कि इससे पहले कि कोई मुझे इस्तेमाल करे, मैं उन्हें इस्तेमाल करूँगी। मेरा स्वार्थ मेरी ढाल है, शौर्य।"

शौर्य: (उसके हाथ की ओर हाथ बढ़ाते हुए, पर रुकते हुए) " पर इस ढाल के पीछे आप घुट रही हो। आपकी कला, आपकी पेंटिंग्स ...

आपका नृत्य ... वे तो कुछ और ही कहती हैं। उनमें एक ऐसी लड़की है जो उड़ना चाहती है।"

मीनाक्षी: (बुदबुदाते हुए) "वो लड़की मर चुकी है, शौर्य। या शायद कहीं दब गई है। मेरी ख्वाहिशें बहुत छोटी हैं। मैं बस... मैं बस एक बार बिना किसी डर के उस बारिश में भीगना चाहती हूँ जो बाहर हो रही है। मैं चाहती हूँ कि कोई मुझे देखे और उसे मेरा बैंक बैलेंस न दिखे, बल्कि मेरी आँखो का खालीपन दिखे।"

शौर्य: "मैंने देखा है मैडम। मैंने उस दिन लाइब्रेरी में आपको देखा था जब आप पुरानी कविताओं की किताब पढ़ रही थी। आपकी आँखो में वह चमक थी जो किसी 'प्रॉफिट' के लिए नहीं थी। वह सुकून के लिए थी।"

मीनाक्षी: (हैरानी से उसे देखते हुए) "तुमने... तुमने मुझे तब देखा था? सब तो कहते हैं कि मैं पत्थर हूँ।"

शौर्य: "पत्थर भी तराशे जाने के बाद मूरत बनते हैं, मैडम। आप पत्थर नहीं हो, आप बस बहुत ज़्यादा 'सावधान' हो। पर क्या आप पूरी ज़िंदगी इसी सावधानी में गुज़ार दोगी? क्या आप कभी उस मीनाक्षी से नहीं मिलोगी जो ढोल की थाप पर नाचना चाहती है? जो कुल्हड़ की चाय के लिए अपना मर्सिडीज छोड़ सकती है?"

मीनाक्षी: (नीचे देखते हुए) "मुझे डर लगता है... कि अगर मैं नरम पड़ी, तो यह दुनिया मुझे फिर से तोड़ देगी।"

शौर्य: (दृढ़ता से) "तो टूटने देना। इस बार आप अकेली नहीं होगी। कॉलेज का ये फेस्ट आपके जीवन मै नये रंग ले आया है । आगेकी पुरी जिंदगी आपका इंतजार कर रही है जहा एक स्वतंत्रता से जिने वाली मीनाक्षी सबको दिखेगी। क्या तुम उस भीड़ का हिस्सा बनोगी? जिनको आपने कभी दुखाया था । सिर्फ़ एक दिन के लिए अपनी सत्ता छोड़कर अपनी 'आज़ादी' चुनोगी?"

मीनाक्षी: (एक छोटी सी उम्मीद के साथ) "क्या वो लोग मुझे स्वीकार करेंगे? मैंने उनके साथ बहुत बुरा बर्ताव किया है।"

शौर्य: "वे आपको नहीं जानते, पर वे मुझे जानते हैं। और मैं उन्हें जानता हूँ। वे दिल के साफ हैं। आप बस अपनी मुस्कान लेकर आना, अपना अहंकार घर छोड़ आना।"

उसने अपना हाथ मेज पर रखा। शौर्य का मन हुआ कि वह उस हाथ को चूम ले, पर उसकी 'मर्यादा' ने उसे रोक दिया। उसने बस उस हाथ के पास अपनी एक छोटी सी पानी की बोतल रख दी।

"आप थक गई हैं, पानी पी लीजिए।"

तभी शौर्य को याद आया। उसने अपने बैग से तृप्ति द्वारा दिया गया थर्मस निकाला।

"इसमें गरम चाय है। तृप्तिने दी थी, शायद अभी भी गरम हो।"

उसने दो डिस्पोजेबल कप निकाले और चाय उड़ेली। अंधेरे कमरे में, केवल मोबाइल की मंद रोशनी और बारिश की गूँज के बीच, एक जूनियर और एक सीनियर साथ बैठकर चाय पी रहे थे।

मीनाक्षी ने चाय का घूँट लिया और मुस्कुराई।

"तुम्हारी दोस्त तृप्ति सच में अन्नपूर्णा है। और तुम... तुम इस पूरी टोली के 'सूत्रधार' हो।"

उस रात, उस अंधेरे ऑडिटोरियम में, शौर्य ने मीनाक्षी के बचपन की बातें सुनीं, उसके डर के बारे में जाना और उसकी उन ख्वाहिशों के बारे में भी जो वह किसी को नहीं बताती थी। शौर्य के लिए यह किसी 'साक्षात्कार' से कम नहीं था।

सांस्कृतिक सप्ताह का अंतिम दिन—कॉलेज का वह भव्य ऑडिटोरियम रोशनी से नहाया हुआ था। पीछे मंच के पर्देके पीछे एक अलग ही कोलाहल था। कत्थक की ड्रेस पहने, भारी गहनों से लदी मीनाक्षी अपनी परफॉरमेंस के लिए तैयार थी। तभी अचानक एक चटकने की आवाज़ आई। उसकी दाहिनी सैंडल की 'हिल' बीच से दो फाड़ हो चुकी थी।

मीनाक्षी के पैरों तले जमीन खिसक गई। "नहीं... अभी नहीं!" वह फुसफुसाई। उसकी आँखों में घबराहट और नमी एक साथ तैरने

लगी। उसने आसपास देखा, सब अपने में व्यस्त थे। तभी उसकी नज़र शौर्य पर पड़ी, जो बैकस्टेज की व्यवस्था संभाल रहा था। उसने धीमी लेकिन बेचैन आवाज़ में शौर्य को पुकारा। शौर्य जैसे इसी पल के इंतज़ार में था। वह पास आया, तो मीनाक्षी ने कांपते हाथों से अपनी टूटी सैंडल दिखाई। "शौर्य मेरा अगला ही नंबर है। मैं इसके बिना बैलेंस नहीं कर पाऊंगी... सब बर्बाद हो जाएगा।"

शौर्य ने उसे सांत्वना दी, "तुम बस दो मिनट यहीं रुको।" वह बिजली की गतिसे भागा और अपनी 'इमरजेंसी टूल किट' लेकर आया।

शौर्य वापस आया और बिना एक पल गंवाए, मीनाक्षी के सामने अपने घुटनों के बल बैठ गया। यह एक ऐसा दृश्य था जिसे देख कर वहां से गुजरने वाले लोग एक पल को ठिठक गए। शौर्य ने मीनाक्षी का कोमल, पायल से सजा हुआ पैर उठाया और उसे बहुत सहजता से अपने घुटने पर टिका लिया।

जब शौर्य ने मीनाक्षी का पैर अपने घुटने पर रखा, तो उसे लगा जैसे समय की सुइयां पीछे की ओर घूमने लगी हैं। उसके मन में विचारो का एक चक्रवात चलने लगा। मीनाक्षी ने मन ही मन सोचा,

"शौर्य... तुम पागल हो। तुम्हें पता भी है तुम क्या कर रहे हो? अगर तुम्हारी जगह आज अयान होता, तो वह क्या करता? अयान—मेरा तथाकथित 'परफेक्ट' पार्टनर। वह तो इस ऑडिटोरियम के फर्श पर बैठने से पहले दस बार अपने अरमानी सूट की क्रीज देखता।

वह मुझसे कहता— 'मीनाक्षी, डार्लिंग, ये क्या हालत बना रखी है? तुम कितनी अनप्रोफेशनल लग रही हो।' अयान के लिए मैं एक 'ट्रॉफी' हूँ। जब हम पार्टियो में जाते हैं, वह मेरा हाथ ऐसे पकड़ता है जैसे वह दुनिया को अपनी सबसे महंगी संपत्ति दिखा रहा हो। उसने कभी मेरी आँखो में झांककर यह नहीं पूछा कि 'मीनाक्षी, क्या तुम खुश हो?' उसके लिए मेरा मूल्य, मेरी सुंदरता और मेरे डैड के बिजनेस टर्नओवर से तय होता है। लेकिन तुम... शौर्य, तुम मेरी पायल की झंकार सुन रहे हो, मेरा दर्द पढ़ रहे हो। अयान ने मुझे

कभी 'छुआ' नहीं, उसने बस मुझे 'पजेस' किया है। और तुम... तुम बिना किसी हक के भी मुझे संभाल रहे हो।"

जैसे ही शौर्य की उंगलियो ने उसके पैर के पास के घाव को सहलाया, उसे अपने पिता, मिस्टर सिंघानिया की याद आ गई। उनके चेहरे पर कभी शिकन नहीं आती थी।

"डैड... क्या आप देख रहे हैं? आपने तो सिखाया था कि किसी के सामने झुकना कमजोरी है। मुझे याद है वह दिन, जब मैं सात साल की थी और सीढ़ियो से गिर गई थी। मेरे पैर में मोच थी, मैं तड़प रही थी। आपने हाथ बढ़ाकर मुझे उठाया नहीं था, बल्कि दूर खड़े होकर कहा था— 'खड़ी हो जाओ मीनाक्षी। दर्द सिर्फ दिमाग का वहम है। अगर तुम आज इस दर्द के सामने झुक गई, तो कल दुनिया तुम्हें कुचल देगी।'

आज शौर्य ने आपके उस 'सिद्धांत' को एक पल में ढहा दिया। आपने मुझे 'फायदा' देखना सिखाया, शौर्य मुझे 'फर्ज' निभाना सिखा रहा है। आपने मुझे 'लोहा' बनाया, पर शौर्य मुझे 'मिट्टी' बनने का साहस दे रहा है। डैड, आपकी दी हुई दौलत ने मुझे बिस्तर तो मखमली दिए, पर नींद छीन ली थी। शौर्य के इस छोटे से स्पर्श में जो सुकून है, वह आपके करोड़ो के साम्राज्य में कहीं नहीं था।"

उसने मन ही मन खुद को कोसा, "मैं कितनी स्वार्थी रही हूँ। मैंने हमेशा सोचा कि लोग मेरा इस्तेमाल करेंगे, इसलिए मैंने पहले उनका इस्तेमाल किया। मैंने अयान को भी एक 'प्रोजेक्ट' की तरह ही रखा। पर शौर्य... यह लड़का निस्वार्थता की जीती-जागती मिसाल है। यह मेरी 'सत्ता' से नहीं डरता, यह मेरी 'कला' से प्यार करता है। क्या मैं इस काबिल हूँ कि कोई मेरे लिए घुटनो पर बैठे ? क्या मैं अपनी उस 'घमंडी' छवि को छोड़ पाऊंगी? क्या मैं अयान के उस बनावटीपन और डैड के उस अनुशासन से आज़ाद हो सकती हूँ?"

संवाद की एक छोटी सी झलक मीनाक्षी ने अपनी भीगी पलको को झुकाया और फुसफुसाते हुए कहा,

"शौर्य, मेरे पिता ने कहा था कि जो झुकता है वह हार जाता है। आज तुम्हें यहा देखकर लग रहा है कि शायद... हारने में ही असली जीत है।"

शौर्य ने अपना सिर उठाया और उसकी आँखो में देखते हुए कहा,

"मीनाक्षी, तुम्हारा पिता ने तुम्हें 'सिंघानिया' बनाना चाहा, पर मैं तुम्हें सिर्फ 'मीनाक्षी' के रूप में देखना चाहता हूँ। वह लड़की, जो पायल पहनकर नाचने की ख्वाहिश रखती है।

मीनाक्षी ने सांस रोक ली। शौर्य की उंगलियां जब उसके टखने के पास सैंडल को पकड़ने के लिए छुईं, तो उसे एक सिहरन महसूस हुई। शौर्य पूरी एकाग्रता से काम कर रहा था। उसने फेवीक्विक निकाला और हिल को जोड़ा, फिर उसे मजबूती देने के लिए एक पारदर्शी मज़बूत धागे से उसे लॉक कर दिया।

उस वक्त शौर्य के चेहरे पर जो गंभीरता थी, वह किसी कलाकार की तरह थी। मीनाक्षी ऊपर से उसे देख रही थी—उसका चौड़ा माथा, घुंघराले बाल,उसकी मज़बूत भुजाएं और उसका वह समर्पण। उसे पहली बार अहसास हुआ कि शौर्य की पर्सनालिटी में कितनी गहराई है। वह सिर्फ एक लड़का नहीं, एक 'शक्ति' था।

ऑडिटोरियम के उस धुंधले कोने में, शौर्य ने अपनी जेब से वह Ferrero Rocher निकाली। उसकी सुनहरी चमक मीनाक्षी की आँखो में प्रतिबिंब बना रही थी। शौर्य ने चॉकलेट बढ़ाते हुए कहा,

"इसे खाओ। तुम्हारी धड़कनें बहुत तेज़ हैं, इसे खाने से तुम शांत महसूस करोगी।"

मीनाक्षी ने ठिठक कर उसे देखा। उसे ताज्जुब हुआ कि शौर्य को कैसे पता चला कि वह घबरा रही है? शौर्य को कैसे पता चला कि उसे Ferrero Rocher पसंद है ? उसका वर्तमान प्रेमी अयान तो घंटो उसके पास बैठकर भी यह नहीं समझ पाता था कि मीनाक्षी कब तनाव में है। अयान के लिए 'ख्याल रखने' का मतलब था—महंगे तोहफे भेजना या किसी फाइव-स्टार होटल में डिनर बुक

करना। लेकिन शौर्य? वह उसकी नब्ज पढ़ रहा था। शौर्य का प्रेम दिखावे वाला नहीं था। वह उस किस्म का था जो चुपचाप आपकी पसंद-नापसंद का ध्यान रखता है। उसे याद आया कि एक बार उसने लाइब्रेरी में शौर्य से बात करते हुए हल्के से जिक्र किया था कि जब वह बहुत परेशान होती है, तो उसे डार्क चॉकलेट या नट्स पसंद हैं। शौर्य ने उस एक छोटी-सी बात को संभाल कर रखा था।

चॉकलेट का वह रेपर खोलते हुए मीनाक्षी का मन फिर से अतीत की गलियो में भटक गया।

"अयान के साथ जब मैं स्टेज पर जाती थी, तो वह बस यही कहता था— 'मीनाक्षी, स्माइल करना मत भूलना, केमेरे हम पर हैं।' उसे मेरी परफॉरमेंस की चिंता थी, मेरे दिल की धड़कनो की नहीं। उसके लिए मैं एक 'शो-पीस' थी। पर शौर्य को फिक्र है कि मैं 'शांत' महसूस करूँ। वह मुझे मंच पर भेजने के लिए धक्का नहीं दे रहा, बल्कि मुझे तैयार कर रहा है।"

मीनाक्षी को याद आया जब वह दस साल की थी और उसे एक पियानो कॉम्पिटिशन में जाना था। वह स्टेज के पीछे कांप रही थी। उसके पिता पास आए और बोले थे,

"अगर तुम वहां जाकर घबराईं, तो याद रखना कि सिंघानिया ग्रुप का नाम मिट्टी में मिल जाएगा। पानी पियो और शेरनी की तरह दहाड़ो।"

वहां 'चॉकलेट' देने वाला कोई नहीं था, बस 'चेतावनी' देने वाले पिता थे।

जब शौर्य ने पहली बार मीनाक्षी का 'दर्द' चुना मीनाक्षी के मन में वह वाकया ताजा हो गया जब दो दिन पहले कॉलेज के एक सेमिनार के दौरान मीनाक्षी का प्रेजेंटेशन खराब हो गया था। सब उसका मजाक उड़ा रहे थे क्योकि 'मिस परफेक्ट' आज फेल हो गई थी। अयान उस दिन वहां से चुपचाप खिसक गया था क्योकि वह एक 'लूजर' के साथ खड़ा नहीं दिखना चाहता था। लेकिन उस शाम, शौर्य उसे

कैफेटेरिया के पीछे मिला था। उसने कोई सांत्वना नहीं दी, बस चुपचाप उसके हाथ में एक कप गर्म कॉफी थमाई थी और कहा था, "आज तुम पहली बार इंसान लगी हो, वरना अब तक तो रोबोट लगती थी।"

उस दिन मीनाक्षी को गुस्सा आया था, पर आज समझ आया कि शौर्य ही वह अकेला इंसान था जिसने उसकी 'हार' को स्वीकार किया था। शौर्य ने मुस्कुराकर उसकी आँखो में देखा और कहा, "मंच तुम्हारा इंतज़ार कर रहा है, और मैं यहा तुम्हारा इंतज़ार कर रहा हूँ। जाओ, आज अपने लिए परफॉर्म करो, दुनिया के लिए नहीं।"

मीनाक्षी ने चॉकलेट का एक टुकड़ा मुंह में रखा। उसकी मिठास ने वाकई उसकी नसो में दौड़ते तनाव को कम कर दिया था। उसने महसूस किया कि शौर्य उसके लिए वह 'एंकर' बन गया है जो उसे डूबने से बचा रहा था। उसने गहरी सांस ली, अपने बाल ठीक किए और मंच की ओर बढ़ गई। आज उसकी चाल में 'अहंकार' नहीं, बल्कि एक नई 'गरिमा' थी।

मीनाक्षी जब मंच पर आई, तो उसने अपनी टूटी हिल का डर पीछे छोड़ दिया था। उसने ऐसा नृत्य किया कि लोगों की पलकें नहीं झपकीं। शौर्य विंग्स के पीछे खड़ा उसे देख रहा था। उसके चेहरे पर एक गर्व था, जैसे वह अपनी ही किसी रचना को सफल होते देख रहा हो। लेकिन वह नहीं जानता था कि वह सिर्फ प्यार देख रहा था, जबकि मीनाक्षी वहां से अपनी नई 'सत्ता' का रास्ता देख रही थी।

शो खत्म होने के बाद, पार्किंग के पास सन्नाटा था। मीनाक्षी वहां पहुंची तो उसका बॉयफ्रेंड आर्यन पहले से वहां खड़ा था। वह मीनाक्षी की तारीफ करने के बजाय उस पर चिल्लाने लगा।

"तुम्हें क्या लगता है? तुम नाचकर बहुत बड़ी स्टार बन गई हो? वह लड़का तुम्हारे पैरों में गिरकर सैंडल ठीक कर रहा था, तुम्हें शर्म नहीं आई? पूरे कॉलेज के सामने मुझे नीचा दिखाया है तुमने!"

मीनाक्षी की आँखों में आंसू थे। "आर्यन, वह सिर्फ मेरी मदद कर रहा था। तुम इतना छोटा कैसे सोच सकते हो?"

"मुँह बंद करो अपना!" आर्यन ने चिल्लाकर कहा और गुस्से में अपना हाथ हवा में उठाया। वह मीनाक्षी को थप्पड़ मारने ही वाला था कि अंधेरे से एक साया निकला।

शौर्य ने आर्यन की कलाई को इतनी ज़ोर से पकड़ा कि आर्यन के मुँह से चीख निकल गई। शौर्य की आँखें अंगारे की तरह दहक रही थीं। "दुबारा कभी इसके आसपास भी मत दिखना, वरना हाथ उठाने लायक नहीं बचोगे," शौर्य की आवाज़ में वह मर्दानगी और धमक थी जिससे आर्यन जैसा डरपोक इंसान कांप गया।

आर्यन अपना हाथ छुड़ाकर चिल्लाया, "रखो इसे अपने पास! आज से मेरा और इसका कोई वास्ता नहीं।" वह अपनी बाइक स्टार्ट कर वहां से भाग निकला।

मीनाक्षी वहीं ढह गई। वह शौर्य के कंधे पर सर रखकर फूट-फूटकर रोने लगी। शौर्य उसे संभाल रहा था, उसे लग रहा था कि उसने अपने प्यार को बचा लिया है। वह मीनाक्षी के बालों को सहलाते हुए उसे दिलासा दे रहा था।

लेकिन उस रोते हुए चेहरे के पीछे, मीनाक्षी का दिमाग तेज़ी से चल रहा था। उसने महसूस किया कि आर्यन जैसे कमज़ोर इंसान के साथ रहकर वह कभी कॉलेज की 'क्वीन' नहीं बन सकती। उसे शौर्य जैसा मज़बूत, लोकप्रिय और प्रभावशाली इंसान चाहिए। उसे समझ आ गया कि शौर्य के पास वह 'पावर' है जिसका इस्तेमाल करके वह कॉलेज में सबसे ऊपर पहुँच सकती है।

उसने आंसू पोंछे और शौर्य की आँखों में देखते हुए कहा, "शौर्य अब मेरे पास तुम्हारे सिवा कोई नहीं है।"

शौर्य भावुक हो गया, पर उसे नहीं पता था कि यह प्यार की नहीं, बल्कि मीनाक्षी के 'मास्टरप्लान' की शुरुआत थी।

सांस्कृतिक सप्ताह के उस हंगामे और आर्यन से हुए ब्रेकअप के बाद, शौर्य और मीनाक्षी की दुनिया बदल गई थी।

उस अंधेरे ऑडिटोरियम में जब मीनाक्षी ने वह वाक्य कहा—"शौर्य, अब मेरे पास तुम्हारे सिवा कोई नहीं है"—तो शौर्य के दिल की धड़कन एक पल के लिए रुक गई। उसे लगा जैसे उसने एक बंजर ज़मीन पर फूल खिलते देख लिया हो। वह भावुक था, उसकी आँखो में मीनाक्षी के लिए अगाध सम्मान और प्रेम था। लेकिन वह उस सच से कोसो दूर था जो मीनाक्षी के दिमाग की परतो में बुना जा रहा था। वह 'आइस क्वीन' इतनी आसानी से पिघलने वाली नहीं थी। यह उसके जीवन का सबसे बड़ा 'मास्टरप्लान' था—खुद को असुरक्षित दिखाकर शौर्य जैसे लडके को अपने घेरे में लेना।

अगले दिन से कॉलेज का नज़ारा ही बदल गया। जो मीनाक्षी कभी अपनी मर्सिडीज से उतरकर सीधे वीआईपी लाउंज में जाती थी, अब वह घंटो शौर्य के साथ कॉलेज की पुरानी छत पर बैठी नज़र आती।

कॉलेज की वह पुरानी छत, जहा धूल और सन्नाटा था, अब उनके मिलन का ठिकाना बन गई थी।

शौर्य: "मीनाक्षी, तुम्हें यकीन है कि तुम्हें यहा अच्छा लग रहा है? यहा न एसी है, न मखमली सोफे ।"

मीनाक्षी: (एक फीकी मुस्कान के साथ) "शौर्य, उन सोफो पर बैठकर मैंने सिर्फ़ घुटन महसूस की है। यहा की ये तपती हुई ईंटें और ये खुली हवा... मुझे आज़ादी का अहसास कराती हैं। तुम्हारे साथ यहा बैठकर लगता है कि मैं कोई 'सिंघानिया' नहीं, बस एक आम लड़की हूँ।"

शौर्य: (उसका हाथ थामते हुए) "मैं तुम्हें हमेशा यही अहसास कराना चाहता हूँ। तुम अपनी सारी जिम्मेदारियां मुझ पर छोड़ सकती हो।"

मीनाक्षी (मन ही मन): "कितने भोले हो तुम, शौर्य। तुम मेरी जिम्मेदारियां नहीं, बल्कि मेरे उन गुनाहो का बोझ उठा रहे हो जो

मैं आगे करने वाली हूँ। तुम्हारा यह अटूट विश्वांस ही मेरी सबसे बड़ी जीत है।"

एक शाम, जब सूरज ढल रहा था और टेरेस पर हल्की ठंडी हवा चल रही थी, शौर्य ने अपने फोन पर एक पुराना धीमा संगीत बजाया।

शौर्य: "मीनाक्षी, क्या तुम मेरे साथ डांस करोगी? बिना किसी कैमेरे के, बिना किसी जज के ।"

मीनाक्षी ने अपना हाथ शौर्य के हाथ में दे दिया। वे धीरे-धीरे थिरकने लगे। शौर्य की आँखो में शुद्ध प्रेम था, वह मीनाक्षी को एक नाजुक गुड़िया की तरह संभाल रहा था।

मीनाक्षी: "शौर्य, अगर कभी मैं रास्ता भटक जाऊँ, तो क्या तुम मुझे संभाल लोगे?"

शौर्य: "अपनी आखिरी सांस तक, मीनाक्षी। मैं तुम्हारा साया बनकर रहूँगा।"

मीनाक्षी (मन ही मन): "अयान के साथ मैंने हमेशा 'कैलकुलेटेड' डांस किया था, ताकि हम दुनिया के सामने बेस्ट कपल लगें। पर तुम्हारे साथ यह डांस मेरी योजना का हिस्सा है। मुझे तुम्हें अपने इतने करीब लाना है कि जब मैं अपना वार करूँ , तो तुम्हें दर्द का अहसास भी न हो।"

मीनाक्षी के दिमाग में यह सब एक शतरंज की बिसात जैसा था। उसके पिता ने उसे सिखाया था— "दुश्मन को खत्म मत करो, उसे अपना इतना आदी बना लो कि वह तुम्हारे बिना सांस न ले सके ।"

मीनाक्षी शौर्य का इस्तेमाल अपने पिता के सामने खुद को 'विद्रोही' साबित करने के लिए कर रही थी, ताकि वह खुद को सबसे अच्छा दिखा सखे। पढाई मै अव्वल दिखा सके। स्पर्धाओमे विजयी दिखा सके। सबके सामने फेम पा सके। उसका सपना सिर्फ और सिर्फ शौर्य को अपने फायदे मै लाकर पढाई छोडते हि छोड देना था । उसे एक ऐसे मोहरे की ज़रूरत थी जो समाज की नज़रो में 'आम' हो, पर दिल का इतना सच्चा कि उसके जाल मै आसानी से फस

जायेगा। उसने शौर्य को अपनी 'कमज़ोरी' की कहानिया सुनाईं ताकि शौर्य उसे बचाने के लिए किसी भी हद तक जाने को तैयार हो जाए ।

रोजाना वे कैंटीन में मिलते। अनिरुद्ध और पार्थ अक्सर उन्हें दूर से देखते।

अनिरुद्ध : "भाई, मुझे कुछ अजीब लग रहा है। मीनाक्षी इतनी जल्दी कैसे बदल गई? वह शेरनी अब मेमने के साथ घास खा रही है?"

पार्थ : "शायद प्यार में जादू होता है, अथर्व। शौर्य ने उसके दिल को छू लिया है।"

लेकिन मीनाक्षी जब भी उन दोस्तो से मिलती, वह जानबूझकर बहुत विनम्र बनती। वह जानती थी कि शौर्य की ताकत उसके दोस्त हैं, और उसे उन सबको भी अपने पक्ष में करना होगा।

दिन बीतते गए। शौर्य और मीनाक्षी की नज़दीकियां कॉलेज की गपशप का मुख्य विषय बन गईं। शौर्य को लगता था कि वह एक टूटी हुई राजकुमारी को जोड़ रहा है। उसे नहीं पता था कि राजकुमारी टूटी नहीं है, बल्कि वह एक नया किला बना रही है जिसकी नींव शौर्य के विश्वास पर टिकी है। मीनाक्षी अक्सर शौर्य की गोद में सिर रखकर बैठती और अपनी काल्पनिक समस्याओं का ज़िक्र करती। वह उसे अपने 'अकेलेपन' के ऐसे किस्से सुनाती जिन्हें सुनकर शौर्य की आँखो में आँसू आ जाते। और हर बार, शौर्य उसे और कसकर पकड़ लेता, यह वादा करते हुए कि वह उसे कभी अकेला नहीं छोड़े। मीनाक्षी की योजना सफल हो रही थी। शौर्य अब उसका प्रेमी नहीं, उसका सबसे बड़ा 'हथियार' बन चुका था।

रात के दो बज रहे होते, जब पूरा शहर सो जाता, तब शौर्य के फोन की स्क्रीन जगमगा उठती। मीनाक्षी का वीडियो कॉल आता। शौर्य जो शायद नींद में होता, उसकी आवाज़ सुनते ही ऐसे जाग जाता जैसे किसी ने उसे संजीवनी दे दी हो।

वे घंटों तक वीडियो कॉल पर रहते। कभी-कभी वे कोई बात नहीं करते, बस एक-दूसरे को देखते रहते। मीनाक्षी अपने बिस्तर पर लेटी होती, उसके बिखरे बाल तकिये पर फैले होते, और शौर्य अपनी पढ़ाई की मेज पर बैठा उसे निहारता रहता।
"शौर्य .. सो जाओ न," वह फुसफुसाती।
"तुम सो जाओ, मैं तुम्हें सोते हुए देखना चाहता हूँ," शौर्य का जवाब हमेशा यही होता।
एक बार रात के दो बज रहे थे। शौर्य अपने घर के कमरे की बालकनी में खड़ा आसमान देख रहा था। तभी उसके फोन की स्क्रीन चमक उठी। 'मीनाक्षी'—नाम देखते ही शौर्य के चेहरे पर मुस्कान आ गई।
मीनाक्षी: (हल्की और मखमली आवाज़ में) "शौर्य... सो गए क्या?"
शौर्य: "तुम्हारी यादें सोने कहा देती हैं, मीनाक्षी? क्या हुआ? आवाज़ कुछ उदास लग रही है?"
मीनाक्षी: "बस... आज बालकनी में अकेली खड़ी थी तो लगा कि इस पूरी दुनिया में सिर्फ तुम ही हो जो मुझे सच में समझते हो। शौर्य, कभी-कभी सोचती हूँ तुम मेरे लिए भगवान के भेजे हुए फरिश्ते हो। अगर तुम उस दिन ऑडिटोरियम में नहीं आते, तो मैं शायद इस अकेलेपन में दम तोड़ देती। तुम्हारे बिना मैं क्या करती?"
शौर्य: (भावुक होकर) "ऐसा मत कहो मीनाक्षी। मेरा हर लम्हा तुम्हारे लिए है। तुम बस एक बार कहो, मैं तुम्हारे लिए अपनी जान भी दे सकता हूँ।"
शौर्य का स्वर कांप रहा था। वह अपने शब्दो में अपना पूरा अस्तित्व उड़ेल देना चाहता था।
जैसे ही शौर्य ने 'जान देने' की बात की, मीनाक्षी के स्वर में अचानक एक 'बिजनेस जैसी' तेज़ी आ गई।
मीनाक्षी: (हल्की हंसी के साथ) "अरे नहीं बाबा, जान देकर मुझे विधवा थोड़े ही बनाना है! जान नहीं चाहिए शौर्य... बस कल का वो

जो यूनिवर्सिटी प्रेजेंटेशन है न? वोह बना नही। डैड के कुछ बड़े इन्वेस्टर्स आने वाले हैं। तोः मै उसकी तयारी मै थी। इस वजह से मैंने अभी तक डेटा तैयार नहीं किया है और मुझे बहुत नींद आ रही है। क्या तुम उसे आज रात पूरा कर दोगे? प्लीज... सिर्फ़ मेरे लिए?"

शौर्य एक पल के लिए ठिठका। उसे लगा था कि आज रात वे कुछ अपनी रूह की बातें करेंगे, पर अचानक बात प्रेजेंटेशन पर आ गई।

शौर्य: "हा... हा क्यो नहीं। तुम्हारी मदद करना तो मेरा हक है। मैं अभी जागकर उसे खत्म कर देता हूँ।"

मीनाक्षी: "यू आर द बेस्ट, शौर्य! आई लव... (तभी अचानक खामोशी)"

शौर्य: (उत्साह में) "आई लव यूटू, मीनाक्षी! और सुनो..."

शौर्य अपनी बात पूरी करता, उससे पहले ही फोन की दूसरी तरफ से 'बीप-बीप-बीप' की आवाज़ आई। कॉल कट चुका था। उसने फोन कान से हटाया और देखा—'Call Ended'। उसने वापस डायल किया, पर नंबर 'स्विच्ड ऑफ' आ रहा था।

शौर्य अंधेरे कमरे में फोन की उस काली, बेजान स्क्रीन को देखता रहा। कमरे का सन्नाटा उसे डराने लगा था। उसके दिल के किसी कोने में एक तीखी चुभन हुई—जैसे किसी ने ताज़े ज़ख्म पर नमक छिड़क दिया हो।

"उसने मेरी बात पूरी सुने बिना फोन काट दिया? क्या मेरा 'आई लव यू' उसके लिए उस प्रेजेंटेशन से कम कीमती था?"—एक सवाल उसके मन में उठा। पर अगले ही पल, उसका 'प्रेमी हृदय' सक्रिय हो गया। उसने खुद को समझाना शुरू किया:

"नहीं शौर्य, तुम कितना गलत सोच रहे हो। वह कितनी थक गई थी, उसकी आवाज़ से लग रहा था। पक्का नेटवर्क चला गया होगा या उसका फोन डिस्चार्ज हो गया होगा। वह ऐसी नहीं है।" वह कुर्सी पर बैठा और कंप्यूटर चालू कर दिया। उसकी आँखो में नींद की जलन थी, पर हाथ कीबोर्ड पर चलने लगे। वह उसी कंधे का

इस्तेमाल करके मीनाक्षी को ऊंचाइयो पर चढ़ाने के लिए सीढ़ी बना रहा था, जिस कंधे पर सिर रखकर वह झूठे आँसू रोई थी।

शौर्य को नहीं पता था कि मीनाक्षी ने फोन काटा नहीं था, बल्कि उसे बेड के किनारे फेंक दिया था और चैन की नींद सो गई थी। उसके लिए शौर्य अब एक 'इमोशनल सपोर्ट' से बढ़कर एक 'फ्री लेबर' बन चुका था। वह जानती थी कि शौर्य के जज्बातो को कैसे इस्तेमाल करना है। अगली सुबह जब कॉलेज में वे मिले, मीनाक्षी ने बड़ी ही सफाई से कहा,

"ओह शौर्य, कल रात अचानक फोन डेड हो गया! मैं तुम्हें गुड नाईट भी नहीं कह पाई। क्या मेरा काम हो गया?"

शौर्य ने अपनी लाल आँखें छुपाते हुए उसे पेन ड्राइव थमा दी। उसे लगा कि वह अपनी राजकुमारी की मदद कर रहा है, जबकि वह सिर्फ उसके 'लेबर कार्य' का एक मोहरा मात्र था।

उनके कॉल हमेशा अलग अलग मोड ले रहे थे। कॉल पे वे एक नया खेल खेलते। वे दोनों अपने फोन को ऐसी जगह रखते कि एक-दूसरे का चेहरा दिखता रहे और वे सो जाते। 'स्लीपिंग ऑन कॉल' उनका सबसे रोमांटिक हिस्सा बन गया था। शौर्य को सुकून मिलता यह सोचकर कि मीनाक्षी की आखिरी और पहली नज़र उस पर पड़ती है। उसे लगता कि यह आत्माओंका मिलन है, जबकि मीनाक्षी को पता था कि शौर्य को इस तरह बांध कर रखने से उसकी वफादारी और उसका 'इस्तेमाल' करने की क्षमता और बढ़ जायेगी।

कॉल पर वे सिर्फ बातें नहीं करते थे। मीनाक्षी को गेम्स का शौक था। वे ऑनलाइन लूडो, ट्रुथ एंड डेयर या 'वर्डगेम्स' खेलते। हर जीत पर शौर्य उसे काल्पनिक इनाम देता—"अगली बार मिलूँगा तो तुम्हारी पसंद की वह झुमकी दिलाऊँगा।"

यह कहानी अब एक ऐसे मोड़ पर है जहा मीनाक्षी, शौर्य के दिल के दरवाजो को पूरी तरह खोल देने के लिए अपनी यादो की एक प्रदर्शनी लगा रही थी। वह जानती थी कि शौर्य एक भावुक कलाकार

है, और उसे जीतने के लिए उसकी रूह को छूना होगा। उस रात, मीनाक्षी ने शौर्य को एक-एक करके अपनी तस्वीरे भेजनी शुरू कीं। हर तस्वीर के पीछे एक दर्दनाक कहानी थी, जो शौर्य को मीनाक्षी के और करीब (या शायद उसके जाल में और गहरा) खींच रही थी।

मीनाक्षी: (व्हाट्सएप पर) "शौर्य, सो गए क्या? आज मैं तुम्हें वो मीनाक्षी दिखाना चाहती हूँ जिसे मैंने बरसो से दफन कर रखा है। ये तस्वीरे सिर्फ फोटो नहीं, मेरे वजूद के टुकड़े हैं।"

तस्वीर: ३ साल की मीनाक्षी (एक बड़ा जन्मदिन का केक)

मीनाक्षी: "देखो शौर्य, ये मेरा तीसरा जन्मदिन था। इस फोटो में तुम्हें सिर्फ़ अमीर बच्चा दिखेगा, पर गौर से देखो, मेरी आँखो में कोई खुशी नहीं है। डैड ने उस दिन ४०० लोगो को बुलाया था सिर्फ बिजनेस डील के लिए। मैं उस दिन रो रही थी क्योकि मुझे केक नहीं, डैड की गोद चाहिए थी, पर उन्हें मेहमानो से फुर्सत नहीं थी।"

तस्वीर: ५ साल की उम्र (पियानो बजाते हुए)

मीनाक्षी : "यहा मैं पियानो सीख रही हूँ। मेरे हाथ छोटे थे, चाबियो तक पहुँच नहीं पा रहे थे, पर पीछे खड़े डैड की छड़ी दिख रही है? अगर एक सुर भी गलत होता, तो रात का खाना नहीं मिलता था। संगीत मेरे लिए कला नहीं, एक सजा थी।"

तस्वीर: ८ साल की उम्र (स्कूल यूनिफॉर्म, हाथ में ट्रॉफी)

मीनाक्षी : "मैं स्कूल में फर्स्ट आई थी। पर जानते हो डैड ने क्या कहा? 'अगली बार मार्जिन और ज़्यादा होना चाहिए।' उस दिन से मैंने समझना शुरू किया कि मेरी कीमत सिर्फ मेरी जीत में है।"

तस्वीर: १० साल की उम्र (मा की एक पुरानी धुंधली फोटो के साथ)

मीनाक्षी: "यह मेरी मा की आखिरी फोटो है जो मेरे पास है। इसके बाद वो चली गईं। डैड ने घर से उनकी हर याद मिटा दी ताकि मैं 'कमज़ोर' न बनू। मैं छुपकर इसे तकिए के नीचे रखती थी।"

तस्वीर: १२ साल की उम्र (घुड़सवारी करते हुए)

मीनाक्षी : "घोड़े से गिरकर मेरा हाथ टूट गया था। पर मुझे अस्पताल ले जाने से पहले डैड ने फोटो खिंचवाई ताकि वो दुनिया को दिखा सकें कि उनकी बेटी कितनी 'बहादुर' है। दर्द से ज़्यादा मुझे उस दिखावे से नफरत थी।"

तस्वीर: १५ साल की उम्र (एक बोर्डिंग स्कूल का कमरा)

मीनाक्षी : "डैड ने मुझे घरसे दूर भेज दिया। इस कमरे की दीवारे आज भी मेरी चीखें याद करती होगी । मैं अकेली थी शौर्य, बिल्कुल अकेली। वहा मैंने पहली बार लोगो का इस्तेमाल करना सीखा ताकि खुद को बचा सकू। "

तस्वीर: १७ साल की उम्र (पेंटिंग ब्रश हाथ में लिए)

मीनाक्षी : "ये वो पहली पेंटिंग थी जो मैंने अपनी मर्ज़ी से बनाई थी—एक डूबता हुआ सूरज। डैड ने इसे 'डिप्रेशन' कहकर जला दिया था। तब मैंने अपनी भावनाओं को जलाना सीख लिया।"

तस्वीर: १८ साल की उम्र (कॉलेज का पहला दिन, हाथ में महंगी कार की चाबी)

मीनाक्षी : "सबको लग रहा था मैं कितनी लकी हूँ। पर वो चाबी असल में मेरी बेड़ियो की थी। डैड ने कहा था, 'ये कार तुम्हारी है जब तक तुम मेरी बात मानोगी'।"

तस्वीर: १९ साल की उम्र (अयान के साथ पहली बार किसी इवेंट में)

मीनाक्षी : "ये अयान है। डैड की पसंद। इस फोटो में हम दोनो मुस्कुरा रहे हैं, पर हम दोनो के हाथ में एक-एक कॉन्ट्रैक्ट पेपर था। यह प्यार नहीं, एक मर्जर की शुरुआत थी।"

तस्वीर: २१ साल की उम्र (एक डार्क रूम में अकेली बैठी हुई)

मीनाक्षी : "ये फोटो मैंने खुद खींची थी जब मैं सुसाइड करने के बारे में सोच रही थी। मुझे लगा था कोई मुझे नहीं समझेगा... तब तक तुम मेरी लाइफ में नहीं आए थे।"

तस्वीर: हाल ही में (शादी के भारी जोड़े में एक शूट के लिए)

मीनाक्षी : "शौर्य, देखो ये रंग मुझ पर कैसा लगेगा? डैड चाहते हैं मैं अयान के लिए ये पहनू। क्या तुम मुझे इस सुनहरी कैद से बचाओगे?"

तस्वीर: एक कोरी सफेद फोटो

मीनाक्षी : "और ये तस्वीर... ये मेरा भविष्य है शौर्य। ये कोरी है। मैं चाहती हूँ कि इस पर जो भी लिखा जाए, वो तुम्हारे हाथ से लिखा जाए। क्या तुम मेरा साथ दोगे?"

शौर्य फोन पकड़े कांप रहा था। उसकी आँखो से आँसू टपक कर स्क्रीन पर गिर रहे थे। उसे लगा कि उसने मीनाक्षी के घावो को छू लिया है।

शौर्य: (कांपती आवाज़ में वॉइस नोट भेजते हुए) "मीनाक्षी... तुमने आज जो मुझे दिखाया है, उसके बाद मैं तुम्हें कभी अकेला नहीं छोड़ सकता। तुम्हारी हर तस्वीर मेरे दिल पर एक ज़ख्म की तरह छप गई है। मैं वादा करता हूँ, उस कोरी तस्वीर पर हम खुशियो के रंग भरेंगे । अयान या तुम्हारे डैड, कोई भी तुम्हें मुझसे नहीं छीन पाएगा।"

मीनाक्षी (मन ही मन): (अपने आलीशान बेड पर लेटे हुए एक ठंडी मुस्कान के साथ) "मछली जाल में फंस चुकी है। शौर्य, तुम मेरे सबसे बेहतरीन मोहेर हो। अब शौर्य को उसके दोस्तो के खिलाफ भड़काने के लिए मुझे बस एक 'धमाके ' की ज़रूरत है।"

शौर्य पूरी रात सो नहीं सका। उसने उन तस्वीरो को अपने फोन के एक सीक्रेट फोल्डर में सेव किया और हर तस्वीर के लिए एक कविता लि खी। उसने मीनाक्षी को एक 'त्रस्त राजकुमारी' मान लिया था जिसे बचाने का दायित्व अब उसका था। उसे ज़रा भी अंदाज़ा नहीं था कि जिस 'मासूम' मीनाक्षी पर वह जान छिड़क रहा है, वह वास्तव में एक बहुत बड़ी शतरंज की खिलाड़ी है। अगली सुबह कॉलेज के टैरेस पर जब वे मिले, शौर्य ने बिना कुछ कहे मीनाक्षी को

गले लगा लिया। मीनाक्षी ने अपना सिर उसके सीने पर रखा, जहा शौर्य का दिल पागलो की तरह धड़क रहा था।
बातों-बातोंमें मीनाक्षी भविष्य के सपने बुनती।
"शौर्य जब हम सफल हो जाएंगे, तो हम बेंगलूर जाएंगे न? मुझे वहां की सड़कों पर तुम्हारे हाथ पकड़कर चलना है। रात को बाल्कनी मै बैठना है। तुम्हारे साथ बारीश मै भिगना है। हॉलिडे पे मुव्ही और बोहोत सारी शॉपिंग करनी है। "
शौर्य इन सपनोंमें खो जाता। वह उसके असाइनमेंट्स रात-रात भर जागकर पूरे करता ताकि मीनाक्षी की ग्रेड्स अच्छी आएं और वह कॉलेज की 'टॉप गर्ल' बनी रहे।
लेकिन इस रोमांस में एक अजीब सा पैटर्न था। मीनाक्षी जब चाहती, शौर्य को तुरंत फोन उठाना पड़ता। अगर वह 10 सेकंड भी देर करता, तो वह रूठ जाती। लेकिन जब शौर्य का मन होता बात करने का, या वह अपनी कोई परेशानी बताना चाहता, तो मीनाक्षी अचानक कहती, "अरे! पिताजी आ गये, बाय!" और कॉल काट देती।
वह शौर्य की भावनाओंको एक रिमोट कंट्रोल की तरह चला रही थी। वह उसे प्यार की इतनी डोज़ देती कि वह नशे में रहे, लेकिन कभी उसे पूरी तरह तृप्त नहीं होने देती।
कॉलेज में मीनाक्षी की इमेज अब एक 'पावरफुल वुमन' की बन गई थी। शौर्य जो अपनी बुद्धिमत्ता और पर्सनालिटी के लिए मशहूर था, अब मीनाक्षी का परछाईं बन चुका था।
"शौर्य मेरा मार्केटिंग का प्रोजेक्ट बचा है, प्लीज़ देख लो न..." मीनाक्षी प्यार से उसका हाथ थामकर कहती।
शौर्य अपनी खुद की पढ़ाई छोड़कर उसके प्रोजेक्ट्स को परफेक्ट बनाता। जब मीनाक्षी को कॉलेज में सबसे बेस्ट प्रोजेक्ट के लिए शाबाशी मिलती, तो वह गर्वसे शौर्य की तरफ देखती, और शौर्य को लगता कि उसकी मेहनत सफल हो गई।

मीनाक्षी जानती थी कि शौर्य की लोकप्रियता का फायदा उसे मिल रहा है। जो लड़के पहले उसे हल्के में लेते थे, अब वे शौर्य के डर और सम्मान की वजह से मीनाक्षी को 'क्वीन' की तरह ट्रीट करते थे।

कॉलेज की उस बड़ी सी इमारत में शौर्य और मीनाक्षी का मिलना किसी गुप्त मिशन जैसा होता था। चूंकि मीनाक्षी सीनियर थी और शौर्य जूनियर, उनका साथ घूमना कई आँखोंको खटकता था। लेकिन शौर्य के लिए यह 'सिचुएशनशिप' ही उसकी पूरी कायनात थी।

एक दोपहर, जब पूरा कॉलेज बाहर 'गणेश उत्सव' की तैयारियों में लगा था, शौर्य लाइब्रेरी के सबसे शांत सेक्शन 'सेक्शन-बी' में बैठा मीनाक्षी का इंतज़ार कर रहा था। तभी मीनाक्षी आई, उसकी पायल की छनक शौर्य के कानोंमें संगीत की तरह घुली।

वह शौर्य के बगल वाली कुर्सीपर नहीं बैठी, बल्कि उसके सामने वाली मेज पर झुक गई। उसने अपनी एक चांदी की अंगूठी निकाली और मेज पर शौर्य की तरफ सरका दी।

"शौर्य यह आज से तुम्हारे पास रहेगी। जब तक यह तुम्हारे पास है, समझो मैं तुम्हारे पास हूँ," उसने फुसफुसाते हुए कहा।

शौर्य ने वह अंगूठी उठाई और उसे अपने गले की चेन में पिरो लिया। "यह मेरे दिल के सबसे करीब रहेगी, मीनाक्षी।"

तभी मीनाक्षी ने अपना हाथ आगे बढ़ाया। "और मेरी उंगली खाली रहेगी?"

शौर्य ने बिना सोचे अपनी कलाई पर बँधा हुआ काला धागा खोला और बहुत ही नज़ाकत से मीनाक्षी की अनामिका उंगली पर उसे तीन बार लपेट कर गांठ बाँध दी। वह कोई महंगी अंगूठी नहीं थी, पर उस पल लाइब्रेरी के उस सन्नाटे में वह दुनिया का सबसे कीमती गहना बन गया। मीनाक्षी ने उस धागे को चूमा और शौर्य की आँखोंमें देखते हुए एक शरारती मुस्कान दी—यही वह पल थे जो शौर्य को इस रिश्ते के जाल में और गहरा धकेल देते थे।

अगस्त की उमस भरी दोपहरी में विश्वविद्यालय का विशाल मैदान बासो के ढाचो और तिरपालो से ढका हुआ था। सृष्टि, जो कार्यक्रम प्रमुख थी, हाथ में एक बड़ा सा चार्ट लिए मज़दूरो और छात्रो को निर्देश दे रही थी।

"अनिरुद्ध , लाइट वाले को बोलो कि वायरिंग अंडरग्राउंड होनी चाहिए! पार्थ, तुम मूर्तिकार के पास जाओ और देखो कि बाप्पा की पालकी तैयार है या नहीं!"

सृष्टि की आवाज़ में एक लीडर का अनुशासन था। वहीं दूसरी ओर, शौर्य कड़ी धूप में खड़ा लकड़िया और लोहे के पाइप उठवा रहा था। उसके चेहरे पर पसीना और धूल की परत जमी थी, पर आँखो में एक चमक थी। बाप्पा का आगमन उसकी पुरे साल कि ख़ुशी को दुगना करता था । तभी दूर से एक चमचमाती सफ़ेद मर्सिडीज आकर रुकी। मीनाक्षी उतरी, आँखो पर डार्क सनग्लासेस और चेहरे पर वही 'आइस क्वीन' वाला घमंड। उसने पंडाल की मेहनत को नहीं देखा, उसकी नज़र और ख्वाब सिर्फ उस ऊंचे मंच पर थी जहा 'छात्र उत्सव अध्यक्ष' की कुर्सी लगनी थी।

शाम को जब काम थमा, मीनाक्षी ने शौर्य को पुराने बरगद के पेड़ के नीचे बुलाया। उसने अपने रूमाल से शौर्य के चेहरे का पसीना पोछने का नाटक किया—एक ऐसा स्पर्श जिसने शौर्य के तार्किक दिमाग को सुला दिया।

मीनाक्षी: (बेहद कोमल स्वर में) "शौर्य, तुम कितनी मेहनत कर रहे हो... पर तुम्हें पता है? आज डैड का फोन आया था। वह अपने दोस्त के साथ किसी बड़ी डील के लिए शहर आ रहे हैं। उन्होने कहा कि अगर इस बार गणेश उत्सव में मैं 'अग्रणी' नहीं दिखी, तो वह मेरा क्रेडिट कार्ड और आज़ादी दोनो छीन लेंगे। शौर्य, मुझे उस अध्यक्ष की कुर्सी पर बैठना है। मुझे वो 'फेम' चाहिए ताकि डैड को लगे कि मैं सिर्फ एक खूबसूरत गुड़िया नहीं, बल्कि एक लीडर हूँ। क्या तुम मेरी लाज रखोगे?"

शौर्य का दिल दहल गया। उसे लगा कि मीनाक्षी का अस्तित्व खतरे में है। उसे नहीं पता था कि यह मीनाक्षी की अपनी ब्रांडिंग के लिए बुनी गई एक सोची-समझी चाल है।

अगले दिन 'उत्सव समिति ' की अंतिम बैठक बुलाई गई। कमरे में भारी चुप्पी थी। सृष्टि,अनिरुद्ध,पार्थ और कुमुद सब वहां मौजूद थे। तभी शौर्य खड़ा हुआ।

शौर्य: "मैं प्रस्ताव देता हूँ कि इस बार गणेश उत्सव की अध्यक्ष मीनाक्षी सिंघानिया को बनाया जाए।"

मेज पर एक ज़ोरदार धमक हुई। सृष्टि ने गुस्से में फाइल पटक दी।

सृष्टि : "शौर्य! क्या तुम्हारा मानसिक संतुलन बिगड़ गया है? अध्यक्ष? उस लड़की को? जिसने पिछले एक महीने में एक गिलास पानी तक नहीं पिलाया? हम यहा रात भर जागकर काम कर रहे हैं और तुम सारा क्रेडिट उस 'सोशल मीडिया क्वीन' को देना चाहते हो?"

अनिरुद्ध : "भाई, यह तू नहीं बोल रहा, यह तेरा अंधा प्यार बोल रहा है। हम यह कभी नहीं होने देंगे।"

समिति के १५ सदस्यो में से १४ सदस्यो ने मीनाक्षी के खिलाफ हाथ उठा दिया। मीनाक्षी बाहर खड़ी यह सब सुन रही थी। उसने अपनी मुट्ठिया भींच लीं। शौर्य ने खिड़की से उसकी बेबस शक्ल देखी (जो असल में गुस्सा था) और उसने अपना आखिरी पत्ता फेंका।

शौर्य: (चीखते हुए) "बस! अगर तुम सबको लगता है कि यह पद मेहनत से मिलता है, तो सुनो—इस पुरे पंडाल का नक्शा मैंने बनाया है, फंड्स मैंने जुटाए हैं, और मज़दूर मेरी बात मानते हैं। आज मैं अपनी सारी मेहनत, अपनी साख और अपना यह पद मीनाक्षी को दान करता हूँ। अगर वह अध्यक्ष नहीं बनी, तो मैं अभी इस्तीफा देता हूँ और मेरी पूरी टीम काम छोड़ देगी। देखो फिर कैसे मनाते हो उत्सव!"

सृष्टि की आँखो में आँसू आ गए।

सृष्टी : "शौर्य, तूने अपनी बरसो की दोस्ती का सौदा एक झूठी मुस्कान के लिए कर दिया? ठीक है, अगर तुझे उसकी गुलामी ही करनी है, तो कर। हम अब इस कमेटी का हिस्सा नहीं हैं।"

सृष्टि और शौर्य के पक्के दोस्त बैठक से बाहर निकल गए। शौर्य अकेला रह गया, पर वह खुश था कि उसने मीनाक्षी को जीत दिला दी।

मीनाक्षी अध्यक्ष बन गई। उसने तुरंत 'अधिकारी' का चोला ओढ़ लिया। उसने शौर्य को 'थैंक यू' कहने के बजाय उसे काम की एक लंबी लिस्ट थमा दी। शौर्य ने अपने कनिष्ट छात्रोकी सहाय्यता लेकर सारे इंतजाम कर दिये । गणेश चतुर्थी का दिन आया। पूरा विश्वविद्यालय सजा हुआ था। हज़ारो की भीड़ थी। मीनाक्षी स्टेज पर थी, प्रेस और मीडिया के कैमरो के बीच। उसने भारी सिल्क की साड़ी पहनी थी और हीरो का हार चमक रहा था।

मीनाक्षी (माइक पर): "यह उत्सव मेरे विज़न का परिणाम है। मैंने रात-दिन एक करके यह सुनिश्चित किया कि हमारे विश्वविद्यालय का नाम पुरे राज्य में हो। मैं अयान का शुक्रिया अदा करना चाहूँगी जिन्होने मुझे हर कदम पर गाइड किया। यह मेरी लीडरशिप है जिसने इस बिखरी हुई टीम को एक किया।"

भीड़ में पीछे खड़ा शौर्य, जिसके हाथ मिट्टी से सने थे और जिसने दो दिन से खाना नहीं खाया था, सन्न रह गया। 'मेरी लीडरशिप'? 'अयान का गाइडेंस'? उसने एक बार भी शौर्य का नाम नहीं लिया। उसने पास जाकर मीनाक्षी को टोकने की कोशिश की, "मीनाक्षी, वो... विसर्जन का रूट मैप तैयार है, क्या तुम..."

मीनाक्षी ने अपनी साड़ी का पल्लू संभाला और चिढ़कर कहा, "शौर्य, देख नहीं रहे मैं बाइट दे रही हूँ? छोटे-मोटे कामो के लिए मुझे डिस्टर्ब मत करो। जाओ और प्रसाद की लाइन ठीक करवाओ। यू आर बीइंग सो एनोयिंग!"

शौर्य वहीं खड़ा रह गया। उसके कानो में सृष्टि के शब्द गुंज रहे थे— "वह तुझे सीढ़ी बनाकर चढ़ जाएगी और तुझे पता भी नहीं चलेगा।" शौर्य को उस दिन समझ आया कि उसने जिस खुदा की इबादत की थी, वह पत्थर की भी नहीं, बल्कि कांच की एक ऐसी मूरत थी जिसका काम सिर्फ दूसरो की भावनाओं को काटना था।

शौर्य एक सदमे मै था पर फिर भी वोह एक अंधा चष्मा पेह्ने हुये था जिसको झुठे प्यार के ग्लास मीनाक्षी ने लगा दिये थे।

गणेश उत्सव होने के बाद फिर से मीनाक्षीने अपना जाल डाला और फिर से शौर्य को अपने पल्लू से बांध लिया।

गणेश उत्सव की चकाचौंध अभी खत्म भी नहीं हुई थी कि यूनिवर्सिटी की 'एग्जाम्स' की घोषणा हो गई। जहा पूरा कॉलेज किताबो में डूबा था, वहीं मीनाक्षी के माथे पर चिंता की लकीरे थीं—इसलिए नहीं कि उसे पढ़ाई की चिंता थी, बल्कि इसलिए क्योकि उसके डैड को जो झुठी मार्क्सशीट भेजी थी ,उसकी पोल खूल जाती जैसे हि ये रिझल्ट इमेल से घर पोहोच जाते।

रात के एक बज रहे थे। शौर्य लाइब्रेरी की छत पर बैठा अपनी पढ़ाई कर रहा था, तभी उसका फोन बजा। दूसरी तरफ मीनाक्षी के सिसकने की आवाज़ थी।

मीनाक्षी: "शौर्य... मैं खत्म हो गई हूँ। डैड ने कहा है कि अगर मेरा स्कोर कम रहा, तो वह इसी महीने मेरी शादी अयान से कर देंगे और मुझे आगे बढ़ने का कोई मौका नहीं मिलेगा। मैं सुसाइड कर लूंगी शौर्य, मैं उस इंसान के साथ नहीं रह सकती!"

शौर्य: (घबराकर) "पागल मत बनो मीनाक्षी! तुम पढ़ाई करो, मैं तुम्हारी मदद करूँगा।"

मीनाक्षी: "पढ़ाई से कुछ नहीं होगा शौर्य। सिलेबस बहुत ज़्यादा है। तुम... तुम एडमिनिस्ट्रेशन ऑफिस की चाबिया ला सकते हो ना? तुम्हारे पास तो गणेश उत्सव की वजह से हर कमरे का एक्सेस है।

बस एक बार... बस एक बार मुझे वो पेपर्स देखने हैं। क्या तुम मुझे ऐसे हि मरने दोगे?"

शौर्य का दिल दहल गया। उसके एक तरफ उसके उसूल थे, उसकी ईमानदारी थी, और दूसरी तरफ उस लड़की की 'ज़िन्दगी' जिसे वह पागलो की तरह चाहता था।

अँधेरी गलियो में एक चोर की तरह रात के सन्नाटे में, शौर्य भारी क़दमो से एडमिनिस्ट्रेटिव ब्लॉक की ओर बढ़ा। उसके हाथो में वो चाबिया थीं जो उसे एक 'अध्यक्ष' और 'जिम्मेदार छात्र' होने के नाते मिली थीं। उसका मन चिल्ला रहा था—"शौर्य, यह गलत है!"—पर मीनाक्षी की वो आवाज़ उसके कानो में गुंज रही थी। उसने कांपते हाथो से ताला खोला। अलमारी के भीतर रखे सीलबंद लिफाफो को देखकर उसकी रूह कांप गई। उसने अपनी ईमानदारी का गला घोटा और उन पेपर्स की तस्वीरे खींच लीं।

अगली सुबह, कॉलेज के टेरेस पर दोनो मिले। शौर्य का चेहरा पीला पड़ा हुआ था, जैसे उसने कोई बहुत बड़ा पाप किया हो।

शौर्य: "ये लो... ये रहे पेपर्स। मीनाक्षी, मैंने अपनी पूरी ज़िंदगी की ईमानदारी आज दांव पर लगा दी है। अगर किसी को पता चला, तो मेरा करियर खत्म हो जाएगा। मुझे जेल भी हो सकती है।"

मीनाक्षी: (तस्वीरे देखते ही उसकी आँखो में एक अजीब सी चमक आ गई, दुख गायब था) "ओह माय गॉड! शौर्य, तुम सच में मेरे फरिश्ते हो। अब मुझे कोई नहीं रोक सकता। तुम फिक्र मत करो, किसी को पता नहीं चलेगा।"

शौर्य: "क्या तुम खुश हो? अब तो तुम अयान से शादी नहीं करोगी ना?"

मीनाक्षी: (उसे बिना देखे, फोन में पेपर्स चेक करते हुए) "हा-हा, बिल्कुल। अब जाओ यहा से, कोई देख लेगा तो फालतूकी बातें होगी। मुझे ये याद करना है।"

शौर्य उसे देखता रह गया। उसे उम्मीद थी कि मीनाक्षी उसे गले लगाएगी, उसकी इस कुर्बानी की कद्र करेगी । पर वह तो पेपर्स पाकर ऐसे खुश थी जैसे कोई शिकारी अपनी जीत पर होता है।

एग्जाम हुए। मीनाक्षी ने हर पेपर में टॉप किया। पुरे कॉलेज में उसकी वाहवाही हो रही थी। यूनिवर्सिटी की नोटिस बोर्ड पर उसका नाम सबसे ऊपर था। शौर्य भीड़ में खड़ा उसे देख रहा था। मीनाक्षी अपनी सहेलियो और अयान के साथ घिरी हुई थी। वह हंस-हंसकर बता रही थी कि उसने कितनी 'कड़ी मेहनत' की है। तभी शौर्य उसके पास गया।

शौर्य: "मीनाक्षी, बहुत-बहुत बधाई! तुम्हारी मेहनत रंग लाई।" (उसने 'मेहनत' शब्द पर ज़ोर दिया, यह सोचकर कि मीनाक्षी उसे एक अर्थपूर्ण नज़रिया देगी)

मीनाक्षी: (रूखेपन से) "थैंक्स शौर्य। पर देखो, अभी मैं बहुत बिजी हूँ। मैनेजमेंट मुझे सम्मानित करने वाला है। और हा, वो जो पुरानी बात (पेपर वाली) थी, उसे भूल जाओ। दोबारा उसका ज़िक्र मत करना, वरना मेरे करियर को खतरा हो सकता है।"

शौर्य: "तुम्हारे करियर को? मीनाक्षी, मैंने वो रिस्क लिया था..."

मीनाक्षी: "रिस्क तुमने अपनी मर्ज़ी से लिया था शौर्य। मैंने तो सिर्फ मदद मांगी थी। अब इसे अहसान की तरह मत जताओ। वैसे भी, टॉपर्स की लिस्ट में तुम्हारा नाम काफी नीचे है, तुम्हें अपनी पढ़ाई पर ध्यान देना चाहिए।"

शौर्य सन्न रह गया। वह लड़की, जो कुछ दिन पहले उसके पैरो के पास बैठकर रो रही थी, आज उसे उसकी 'औकात' दिखा रही थी।

सृष्टि ने शौर्य को कोने में पकड़ा। उसकी आँखो में सब कुछ साफ़ दिख रहा था।

सृष्टि : "शौर्य, तूने पेपर लीक किए हैं ना? मैंने तुझे उस रात एडमिन ब्लॉक से निकलते देखा था। तू गिर गया शौर्य... तू बहुत नीचे गिर

गया। उस लड़की के लिए तूने अपनी रूह बेच दी जिसने तुझे एक बार 'थैंक यू' तक नहीं कहा।"

शौर्य: (टूटी आवाज़ में) "सृष्टि , वह मुसीबत में थी..."

सृष्टि : "वह मुसीबत में नहीं थी, वह 'मिशन' पर थी। उसे टॉप करना था ताकि वह अपने पिता की नज़रो में बेहतर साबित हो सके । उसने तेरा इस्तेमाल किया, और तूने उसे अपनी पूरी ईमानदारी परोस कर दे दी। देख ले उसे, वह अब तुझे पहचानती भी नहीं।"

शौर्य ने देखा, दूर मीनाक्षी अयान की गाड़ी में बैठकर हाथ हिला रही थी। उसने एक बार भी पीछे मुड़कर उस लड़के को नहीं देखा जिसने उसके लिए अपना ईमान बेच दिया था। शौर्य के हाथ कांपने लगे। उसे अहसास हुआ कि उसने सिर्फ पेपर लीक नहीं किया था, उसने खुद को हमेशा के लिए खो दिया था।

शौर्य अब एक ऐसे अंधेरे में था जहा न प्यार था, न दोस्त। उसने मीनाक्षी को ऊंचाइयो पर पहुँचाने के लिए खुद को गर्त में धकेल दिया था। वह समझ चुका था कि मीनाक्षी के लिए वह कोई प्रेमी नहीं, बल्कि एक 'उपयोगी औजार' था जिसे काम खत्म होने के बाद कबाड़ में फेंक दिया जाता है।

एक शाम अचानक बिन मौसम बरसात होने लगी। पूरा कॉलेज खाली हो गया था। शौर्य पार्किंग की तरफ भाग रहा था, तभी उसने देखा कि मीनाक्षी मुख्य भवन की सीढ़ियोंपर खड़ी भीगने से बच रही थी।

शौर्य के पास छाता था। वह उसके पास पहुँचा।

"घर छोड़ दूँ?" उसने पूछा।

"नहीं, घर नहीं जाना। चलो ऊपर छत पर चलते हैं, वहां से बारिश अच्छी दिखती है," मीनाक्षी ने उसका हाथ पकड़ा और उसे खींचते हुए छत की ओर ले गई।

छत के उस छोटे से शेड के नीचे वे दोनों बिल्कुल करीब खड़े थे। बारिश की बूंदें मीनाक्षी के चेहरे पर गिर रही थीं। शौर्य ने अपना रूमाल निकाला और बहुत धीरे से उसके माथे को पोंछने लगा। मीनाक्षी रुकी नहीं, उसने अपना सिर शौर्य की छाती पर रख दिया। शौर्य को उसकी धड़कनें सुनाई दे रही थीं।

"शौर्य .. अगर यह सब खत्म हो गया तो?" मीनाक्षी ने बुझी हुई आवाज़ में पूछा।

शौर्य ने उसके कंधोंको सहलाते हुए कहा, "मैं खत्म होने दूँगा ही नहीं। मैं खड़ा हूँ न तुम्हारे और मुश्किलोंके बीच।"

मीनाक्षी ने ऊपर देख कर मुस्कुराते हुए शौर्य की शर्टका गीला कॉलर ठीक किया। "तुम सच में पागल हो।" उस पल शौर्य को लगा कि उसे दुनिया की सारी खुशियां मिल गई हैं, जबकि मीनाक्षी बस यह देख रही थी कि शौर्य उसके लिए कितना वफादार हो चुका है।

कॉलेज में सब जानते थे कि मीनाक्षी का सारा पेपरवर्क शौर्य संभालता है। एक रात, जब मीनाक्षी का सेमिस्टर प्रोजेक्ट जमा होना था, शौर्य अपने कमरे में लैंप जलाकर काम कर रहा था।

अचानक वीडियो कॉल की घंटी बजी। स्क्रीन पर मीनाक्षी थी, वह भी अपने कमरे में कॉफ़ी का मग लिए बैठी थी।

"शौर्य तुम थक गए होगे। देखो, मैंने तुम्हारे लिए भी कॉफ़ी बनाई है," उसने मग को कैमरे के पास लाया।
शौर्य हँसा और अपना खाली कप स्क्रीन के पास ले गया। "चलो, वर्चुअल चीयर्स!"
उन्होंने कॉल चालू रखा। शौर्य लिखता रहा और मीनाक्षी उसे अपनी पुरानी कहानियाँ सुनाती रही। "पता है शौर्य स्कूल में मुझे सब 'क्वीन' कहते थे, पर मुझे कोई समझने वाला नहीं मिला... तुम्हारे आने से पहले।"
शौर्य के दिल में उसके प्रति हमदर्दी और बढ़ गई। उसने रात के ४ बजे तक उसका काम खत्म किया। जब उसने स्क्रीन पर देखा, मीनाक्षी कॉल पर ही सो चुकी थी। उसका चेहरा मासूम लग रहा था। शौर्य ने स्क्रीन पर ही उसे 'गुड नाईट' किस किया और खुद भी वहीं मेज पर सर रखकर सो गया। उसे लगा कि यह 'सिचुएशनशिप' किसी भी शादीशुदा रिश्ते से बढ़कर है।
अगले दिन कैंटीन में जब शौर्य अपनी थकान मिटाने के लिए चाय पी रहा था, क्योकी मीनाक्षी का कॉलेज मै आणे को वक़्त था। तभी अनिरुद्ध और पार्थ वहां आए।
"शौर्य तू पागल हो गया है? कल रात तूने अपनी पढ़ाई छोड़कर उसके प्रोजेक्ट्स बनाए? वह ऊपर टेरेस पर अपने क्लास के लड़कोंको बता रही थी कि उसका 'जूनियर चमचा' बहुत काम का है," पार्थने गुस्से में कहा।
शौर्य का पारा चढ़ गया। उसने चाय का कप पटक दिया। "चमचा? उसने मुझे अपना 'रक्षक' कहा है! तुम लोग जलते हो उससे क्योंकि वह सीनियर है और वह मेरे साथ रहती है।"
अनिरुद्ध: "भाई, वह सिर्फ तुझे 'सिचुएशन' में रख रही है ताकि तू भाग न जाए। प्यार में हक़ माँगा जाता है, गुलामी नहीं की जाती।"
शौर्य ने अनिरुद्ध का कॉलर पकड़ लिया। "आज के बाद अगर तुमने मीनाक्षी के खिलाफ एक शब्द भी बोला, तो भूल जाना कि हम कभी

दोस्त थे। वह मेरी प्रेरणा है, और मैं उसके लिए कुछ भी कर सकता हूँ।"

शौर्य वहां से पैर पटकते हुए निकल गया। उसे नहीं पता था कि पीछे खड़े उसके दोस्त उसकी तबाही का मंजर देख रहे थे। वह सीधा मीनाक्षी के पास पहुँचा, जिसने उसे देखते ही एक प्यारी सी मुस्कान दी और उसका गुस्सा बर्फकी तरह पिघल गया। मीनाक्षी जानती थी कि शौर्य अब उसके इशारोंपर नाचने वाली वह कठपुतली बन चुका है, जिसके पास दिल तो है, पर दिमाग मीनाक्षी के पास गिरवी पड़ा है।

विश्वविद्यालय के विशाल प्रांगण को रंगीन लाइटो और फूलो से सजाया गया था। शौर्य ने इस बार खुद को काम में झोक दिया था ताकि वह मीनाक्षी के दिए जख्मो को भूल सके । मीनाक्षी इस बार अध्यक्ष नहीं थी, उसने केवल एक 'प्रतिभागी' के रूप में अपना नाम दर्ज कराया था। शौर्य को लगा कि शायद अब वह बदल गई है। वह चुपचाप आती, अपनी रिहर्सल करती और चली जाती। पर यह तो तूफान से पहले की शांति थी।

नवरात्रि की पाचवीं रात थी। ढोल-ताशो की गुंज और डांडिया की खनक से पूरा कॉलेज गुंज रहा था। कुमुद,मानिनी और अनिरुद्ध मैदान के बीचो-बीच अपनी पूरी ऊर्जा के साथ गरबा खेल रहे थे। उनके पसीने की हर बूंद उनकी मेहनत का प्रमाण थी। वहीं दूसरी ओर, मीनाक्षी मैदान के एक कोने में खड़ी थी। उसने लाखो की डिजाइनर चनिया-चोली पहनी थी। उसने डांडिया को हाथ तक नहीं लगाया। उसके साथ तीन पेशेवर फोटोग्राफर और एक वीडियो ग्राफर थे।

शौर्य: (उसके पास जाकर) "मीनाक्षी, सब तुम्हारा इंतज़ार कर रहे हैं। तुम खेल क्यो नहीं रही हो?"

मीनाक्षी: (लापरवाही से) "ओह शौर्य, मुझे पसीना पसंद नहीं है। यह मेकअप खराब कर देगा। बस ये कुछ स्लो -- मोशन शॉट्स और

पोर्ट्रेट्स ले रही हूँ, सोशल मीडिया हैंडल के लिए। जाओ तुम अपना काम करो।"
शौर्य को बुरा लगा। एक तरफ छात्र भक्ति और उत्साह में नाच रहे थे, और दूसरी तरफ मीनाक्षी के लिए यह सिर्फ एक 'कंटेंट' बनाने का जरिया था।
उत्सव के अंतिम दिन 'बेस्ट डांसर' और 'प्रथम पारितोषिक' की घोषणा होनी थी। निर्णायक मंडल (Judges) ने अपनी लिस्ट दी। लेकिन जब माइक पर नाम पुकारा गया, तो सन्नाटा छा गया।
उद्घोषक: "इस साल की 'गरबा क्वीन' और प्रथम पारितोषिक की विजेता हैं— मीनाक्षी सिंघानिया!"
पुरे मैदान में शोर मच गया। सृष्टि और अनिरुद्ध दौड़ते हुए मंच की ओर आए। सब जानते थे कि मीनाक्षी ने एक कदम भी नहीं नाचा था।
अनिरुद्ध : "यह धांधली है! शौर्य, तू प्रमुख है, यह सब तेरी नाक के नीचे कैसे हो रहा है? उस लड़की ने गरबा खेला ही नहीं, उसे इनाम कैसे मिला?"
समिति सदस्य: "हमें सूचना मिली है कि शौर्य ने जजो पर दबाव डाला था और उनके स्कोरकार्ड बदल दिए ताकि मीनाक्षी को यह फेम मिल सके ।"
शौर्य सन्न रह गया। उसने ऐसा कुछ नहीं किया था। तभी उसने देखा कि मीनाक्षी मंच पर ट्रॉफी लेकर मुस्कुरा रही है और अयान उसके पास खड़ा होकर उसे बधाई दे रहा है।
समिति के बाकी सदस्य शौर्य पर चिल्ला रहे थे। तभी सृष्टि बीच में आकर खड़ी हो गई।
सृष्टि : "चुप हो जाइए सब! मैं शौर्य को बचपन से जानती हूँ। वह बेवकूफ हो सकता है, अंधा प्रेमी हो सकता है, पर वह धोखेबाज नहीं है। यह खेल मीनाक्षी का है, शौर्य का नहीं। मैं और मेरी टीम शौर्य की बेगुनाही के लिए लड़ेंगे।"

सृष्टि और पुराने दोस्तो ने मिलकर समिति और अन्य सहभागीओको शांत किया, लेकिन बाद में वे शौर्य को पार्किंग एरिया में ले गए। वहा का माहौल बेहद भारी था।

अनिरुद्ध : (शौर्य का कॉलर पकड़ते हुए) "बस बहुत हो गया शौर्य! पेपर लीक किया तूने, हमने चुप रहे। गणेश उत्सव में अपमान सहा, हमने सहा। पर अब तू पूरी यूनिवर्सिटी की नज़रो में गिर गया है। वह लड़की तुझे दीमक की तरह चाट रही है।"

पार्थ: "शौर्य, देख उसे। उसे इनाम मिल गया, अब वह अयान के साथ पार्टी करने जा रही है। उसे इस बात की रत्ती भर परवाह नहीं है कि तेरा नाम खराब हो रहा है। वह कल कह देगी कि उसे नहीं पता था कि तूने जजो को रिश्वत दी है।"

सृष्टि : (शौर्य की आँखो में देखते हुए, आवाज़ में दर्द और सख्ती) "शौर्य, यह मेरी अंतिम चेतावनी है। या तो तू उस 'ज़हर' को अपनी ज़िंदगी से अभी इसी वक्त बाहर निकाल दे, या फिर हम तुझे अपनी ज़िंदगी से बाहर निकाल देंगे। हम तेरे लिए दुनिया से लड़ सकते हैं, पर तुझसे नहीं लड़ सकते। तय कर ले— तुझे वो झूठी मुस्कान चाहिए या ये सच्चे दोस्त जो तेरे लिए जेल जाने को भी तैयार थे।"

शौर्य के पास कोई शब्द नहीं थे। उसने देखा कि मीनाक्षी की गाड़ी धूल उड़ाते हुए गेट से बाहर निकल रही थी। उसने एक बार भी मुड़कर यह नहीं देखा कि पीछे उसका 'फरिश्ता' अपने चरित्र की राख पर खड़ा है।

शौर्य: "सृष्टि , मैं... मुझे लगा था वह बदल रही है।"

सृष्टि : "बदली तो वह है ही शौर्य, और खतरनाक हो गई है। उसने तुझे ढाल बनाया ताकि वह बिना नाचे इनाम जीत सके और इल्ज़ाम तुझ पर आए। वह तुझे बर्बाद करके खुद को आबाद कर रही है। जाग जा शौर्य, इससे पहले कि बहुत देर हो जाए।"

शौर्य अकेले अंधेरे मैदान में खड़ा रह गया। उसके हाथ में नवरात्र की आरती का दिया था जो अब बुझ चुका था। उसे अब अपनी

'राजकुमारी' की खूबसूरती नहीं, बल्कि उसके पीछे का 'राक्षस' दिखाई देने लगा था।

इस बीच शौर्य को अपने पारिवारिक विवाह समारंभ के लिये पुणे जाना था। शादी में जाने से एक दिन पहले, शौर्य और मीनाक्षी कॉलेज के पिछले गेट पर मिले। शौर्य थोड़ा उदास था क्योकि वह कुछ दिन मीनाक्षी से दूर रहने वाला था।

शौर्य : "मीनाक्षी, मैं कल सुबह पुणे निकल रहा हूँ। कुछ दिन तुम्हारे बिना कैसे बीतेंगे, पता नहीं। अपना ख्याल रखना।"

मीनाक्षी: (अपने नाखूनो को देखते हुए लापरवाही से) "अरे हा, पुणे! सुना है वहा के लोग बहुत सलीके दार होते हैं और वहा की खरीदारी बहुत मशहूर है। शौर्य, अगर तुम जा ही रहे हो, तो मेरे लिए कुछ 'खास' गिफ्ट लाना। ऐसा कुछ जो शहर में किसी के पास न हो। मुझे सरप्राइज पसंद हैं, तो कुछ अच्छा सा चुनना।"

शौर्य का उदास चेहरा खिल उठा। उसे लगा कि मीनाक्षी ने उससे कुछ मांगा है, इसका मतलब वह उसे अपना मानती है।

पुणे की शादी का घर किसी मेले से कम नहीं था। ढोल-ताशो की गुंज इतनी तेज़ थी कि एक कमरे की बात दुसरे कमेर में सुनाई नहीं दे रही थी। हर तरफ 'नौवारी' साड़ियो की सरसराहट और इत्र की खुशबू थी। लेकिन इस चहल-पहल के बीच शौर्य का मन किसी पिंजरे में बंद परिंदे की तरह फड़फड़ा रहा था। उसके कानो में ढोल की आवाज़ नहीं, बल्कि मीनाक्षी की वो शांत आवाज़ गुंज रही थी जो उसने कॉलेज के उस आख़िरी दिन सुनी थी।

जब सभी परिवारजन एक दुसरे के साथ मजाक मस्ती कर रहे थे तब शौर्य मोबाईल पर लगा पडा था। चाची ने ये देखकर उसकी मजा लेने कि सोची।

चाची : अब रोहन कि शादी के बाद शौर्य कि शादी का सोचना पडेगा। मेरी भांजी तोः कबसे मेरे पीछे पडी है उसके लिये।

दादी : वाह । अच्छा है, मुझे भी कोई बाते करणे के लिये मिल जायेगा। वरना पुरा परिवार तोः सुबह से शाम काम मै व्यस्त रेहता है।

यह सुनकर सब हसने लग गये । पर शौर्य का चेहरा गुस्से से लाल था। क्योकी उसके मन मै उसने अपनी जीवन साथी मीनाक्षी को चून लिया था। आज परिवार के सामने उसे चिल्ला चिल्ला के ये बताना था पर वोह बता नही पा रहा था। उसने गुस्से मै मेज पर रखा पानी का जग धक्का मार कर नीचे गिरा दिया। सब शांत हो गये। शौर्य कि मां ने उसे डाटना शुरू किया। सबके सामने डाटने कि वजह से शौर्य का गुस्सा ज्वालामुखी कि तरह बाहर पडा। उसने टेरेस पे जा कर खुदको लॉक कर दिया। सब बारी बारी उसे बुलाने गये। पर उसने लॉक नही खोला। रात भर वोह गाणे सुनते सुनते उपर हि सो गया। सुबह जब गुस्सा शांत हुआ तब नीचे आकर उसने दादाजी से माफी मांग कर अपने कमरे मै चला गया।

शादी की रस्में अपने चरम पर थीं। ताऊजी और पिताजी मेहमानो को 'पंगत' के लिए बुला रहे थे। तभी शौर्य चुपके से पीछे के दरवाज़े से निकला और अवि को फोन लगाया।

शौर्य : "अवि ! कहा है तू? मुझे अभी के अभी 'तुलसी बाग' पहुँचना है। मुझे कुछ खरीदना है। "

शौर्य की आवाज़ में एक अजीब सी हड़बड़ाहट थी। अवि ,जो खुद शादी के कामो में व्यस्त था, हक्का-बक्का रह गया।

अवि : "अबे ओए! होश में है? अभी तो फेरो की तैयारी शुरू हो रही है। तू दूल्हे का भाई है, गायब हो गया तो कोहराम मच जाएगा। घर में पहले ही 'रात के काण्ड' को लेकर तनाव है!"

शौर्य : "अवि , तू समझ नहीं रहा... मुझे आज ही लेना है। कल हम वापस निकल जाएँगे। मैं उसे खाली हाथ नहीं देख सकता। प्लीज भाई, बस आधे घंटे के लिए अपनी स्कूटी लेकर मोड़ पर आ जा। "

शौर्य ने लगभग गिड़गिड़ाते हुए कहा। दस मिनट बाद, दोनो पुणे की तंग गलियो में थे। अवि स्कूटी चला रहा था और लगातार बड़बड़ा रहा था।

अवि : "शौर्य, तू पक्का पागल हो गया है। एक लड़की के लिए शादी मिस कर रहा है? क्या है उस मीनाक्षी में ऐसा?"

शौर्य ने पीछे बैठे -बैठे जवाब दिया, "उसमें वो है अवि , जो मुझमें कभी नहीं था—ठहराव। वो जब बोलती है तो लगता है जैसे मंदिर की घंटिया बज रही हो। और मैं? मैं बस शोर हूँ। आज मुझे उसके लिए कुछ ऐसा लेना है जो उसे बताए कि मैं उसे समझता हूँ।"

मार्केट की एक छोटी सी, कलात्मक दुकान के सामने शौर्य रुक गया। वहा कीमती साड़िया नहीं, बल्कि हाथ से बुने हुए स्कार्फ और पुराने ढंग के गहने थे।

"ये देख भाई," शौर्य ने एक गहरे नीले रंग का रेशमी स्कार्फ उठाया। उस पर बहुत बारीक चांदी के धागो का काम था। अवि ने उसे टोकते हुए कहा, "भाई, ये बहुत सिंपल है। कुछ तड़क-भड़क ले, पुणे की पैठणी ले ले।"

"नहीं अवि ," शौर्य ने स्कार्फ को महसूस करते हुए कहा, "उसे दिखावा पसंद नहीं। ये नीला रंग... ये उसकी आँखो की गहराई जैसा है। और ये देखो..." शौर्य ने एक ऑक्सीडाइज्ड चांदी का ब्रेसलेट उठाया जिस पर एक छोटा सा कमल बना था। " उसे कमल पसंद है। वो कहती है कि इंसान को कीचड़ में रहकर भी कमल जैसा होना चाहिए।"

अवि ने सिर हिलाया। "तू तो पूरी तरह उसके रंग में रंग गया है। ले ले भाई, वरना यहा भी फेरे शुरू हो जाएँगे।" जब शौर्य ने पेमेंट की प्रयास कि तोः उसे पता चला ये बोहोत मेहेंगा है । पर उसे याद था मीनाक्षी सस्ती चीजे इस्तेमाल नही करती । उसने अवि से शादी कि खरीदारी के पैसे ले लिये । उस तोह्फे के पैकेट को अपनी जैकेट की अंदरूनी जेब में, ठीक अपने दिल के ऊपर रखा, तो उसके चेहरे

पर जो सुकून था, वो शादी की किसी भी रस्म से बड़ा था। घर आने पर जब चाचाजी ने अवि से पैसो के बारे मै पूछा तोः भाई कि मेहबूबा के खातीर उसने झुठ बोला कि वोह उससे कही गुम हो गये। उसके लिये उसे डाट भी मिली पर शादी के माहोल मै वोह बात खो गयी। रात के सन्नाटे में, जब शादी का घर गहरी नींद में था, शौर्य टेरेस की मुंडेर पर बैठा था। सामने पुणे शहर की लाइटें टिमटिमा रही थीं। उसके एक हाथ में सिगरेट की डिब्बी थी और दूसरे में लाइटर। अवि दो कप कड़क चाय लेकर पहुँचा। "ये ले, आज तो तूने गजब ही कर दिया। घर पर सब पूछ रहे थे कहा था, मैंने कह दिया कि तू लाइट वाले को देखने गया था।" शौर्य खामोश रहा। उसने एक सिगरेट निकाली, उसे होठो से लगाया, पर जलाया नहीं। उसकी नज़र अपनी उंगलियो पर पड़ी। "अवि , तुझे पता है... मीनाक्षी जब मेरे पास से गुजरती है, तो उसमें से चंदन और तुलसी जैसी खुशबू आती है। और मुझमें से? मुझमें से इस तंबाकू की बदबू और उस कल रात की दारू की गंध आती है। मैं जब उसके सामने खड़ा होता हूँ, तो मुझे खुद से घिन आती है।" अवि ने उसे गौर से देखा। "शौर्य, तू सालो से प्रो-स्मोकर है।एक पेग मै पुरी बोतल खाली करने वाला तू ... तू ये सब छोड़ नहीं पाएगा।"

शौर्य ने सिगरेट को बीच से तोड़ दिया।

शौर्य : "छोड़ना पड़ेगा अवि । सिर्फ सिगरेट ही नहीं... आज से शराब को हाथ नहीं लगाऊँगा। और ये जो प्लेट में मुर्गा-मछली सजाकर हम शान समझते हैं न? ये सब भी बंद। मैं अब अपनी जुबान के स्वाद के लिए किसी की जान नहीं लँगा।"

अवि : "अबे! तू पक्का भक्त बन रहा है? नॉन-वेज छोड़ेगा तो खाएगा क्या?"

अवि ने मज़ाक उड़ाना चाहा, पर शौर्य की आँखो की गंभीरता देखकर वह चुप हो गया। शौर्य की आवाज़ भारी हो गई, "अवि , ये प्यार नहीं है... ये मेरी इबादत है। वो इतनी पवित्र है कि मैं इन गंदी

आदतो के साथ उसके सामने जाने की हिम्मत भी नहीं कर सकता। मैं अपनी सासो को साफ़ करना चाहता हूँ ताकि जब मैं उसके पास बैठूँ, तो उसे मेरी उपस्थिति से सुकून मिले, घुटन नहीं। ये त्याग नहीं है, ये खुद को उसके काबिल बनाने की एक छोटी सी कोशिश है।"

शौर्य ने सिगरेट की पूरी डिब्बी मुट्ठी में भींच दी और उसे छत से नीचे अँधेरे में फेंक दिया। उसके बाद उसने अपनी जैकेट से वो नीला स्कार्फ निकाला और उसे अपनी आँखो से लगाया।

शौर्य : "कल से एक नया शौर्य कॉलेज लौटेगा अवि । जिसके हाथ में तोहफा होगा, और जिसकी रूह साफ़ होगी।"

अवि बस देखता रह गया। उसने कई प्रेम कहानिया सुनी थीं, पर एक इंसान को अपने अस्तित्व की जड़ो को बदलते हुए पहली बार देख रहा था। उस रात पुणे के आसमान के नीचे, शौर्य ने अपनी पुरानी खाल उतार दी थी । तभी अवि को निंद आने लगी तोः वोह नीचे सोने चला गया । शौर्य अकेला था तोः उसने मीनाक्षी को कॉल करना उचित समझा। शौर्य ने मीनाक्षी को वीडियो कॉल किया। वह उसे दिखाना चाहता था कि वह उसे कितना याद कर रहा है।

शौर्य : "मीनाक्षी! देखो, यहा सब शादी कि खुशिया मना रहे है । पर मुझे अकेला मेहसूस हो रहा है । क्योकी आप मेरे साथ नही हो ना । मैंने तुम्हारे लिए तोहफा ले लिया है। तुम्हें बहुत पसंद आएगा।"

मीनाक्षी: (वीडियो कॉल पर चिमटी से अपनी आइब्रो ठीक करते हुए) "सच में? क्या लिया? महंगा तो है ना? देखो शौर्य, मुझे साधारण चीजें पसंद नहीं। अयान ने मुझे पिछली बार पेरिस से एक परफ्यूम भेजा था। उम्मीद है तुम्हारा गिफ्ट उसके स्टैंडर्ड का होगा।"

शौर्य का हाथ जो ब्रेसलेट का डिब्बा पकड़े हुए था, थोड़ा सा कांप गया। उसने मुस्कुराकर बात टाल दी, पर उसके दिल के किसी कोने में एक चुभन हुई।

शौर्य पुणे की शादी से लौट आया था। उसके बैग में रखे वे दो तोहफे —चांदी का वह नक्काशीदार ब्रेसलेट और रेशमी स्कार्फ—जैसे

उसके दिल की धड़कनें थे। वह सीधे कॉलेज के उस शांत कोने में पहुँचा जहा मीनाक्षी अक्सर एकांत में बैठती थी। मीनाक्षी वहां बैठी अपनी किसी फाइल को देख रही थी। शौर्य को देखते ही उसके चेहरे पर एक फीकी ही सही, पर मुस्कान आई।

शौर्य ने धड़कते दिल के साथ वह पैकेट मीनाक्षी की ओर बढ़ाया जिसमे उसने तोह्फे रखे थे।

शौर्य : "मीनाक्षी... तुमने कहा था, इसलिए मैं पुणे में बहुत ढूंढकर ये तुम्हारे लिए लाया हूँ।"

मीनाक्षी ने पैकेट खोला। जैसे ही उसने वह चांदी का ब्रेसलेट देखा, उसकी आँखो में एक चमक आ गई।

मीनाक्षी : "शौर्य! यह तो सच में बहुत खूबसूरत है। इसकी नक्काशी... यह कितनी 'एथनिक' और रॉयल है।"

उसने वह रेशमी स्कार्फ अपने गले में लपेटा और आईने की ज़रूरत के बिना ही खुद को निहारा।

मीनाक्षी: "शौर्य, तुमने सच में मेरी पसंद का ख्याल रखा। मुझे लगा था तुम भूल जाओगे।"

शौर्य का मन हुआ कि वह खुद आगे बढ़कर वह ब्रेसलेट मीनाक्षी की कलाई पर बांध दे। उसका हाथ बढ़ा ही था कि मीनाक्षी ने बहुत ही नज़ाकत और फुर्ती से ब्रेसलेट उसके हाथ से ले लिया।

मीनाक्षी: "नहीं शौर्य... इसे मैं खुद पह्नुंगी ।"

उसने खुद ही अपनी कलाई पर वह ब्रेसलेट सजाया और उसे अपनी कलाई पर घुमाते हुए मुस्कुराई। शौर्य का बढ़ा हुआ हाथ हवा में ही रह गया। मीनाक्षी ने उसे छूने तक नहीं दिया। वह करीब तो थी, पर उसके और शौर्य के बीच एक कांच की दीवार थी जिसे शौर्य पार नहीं कर पा रहा था। वह उसे अपना 'फरिश्ता' कहती थी, पर उसे एक प्रेमी का स्पर्श देने से बच रही थी।

इस पुरे दृश्य को कॉलेज के गलियारे से सृष्टि, अनिरुद्ध और पार्थ देख रहे थे। वे शौर्य की इस हालत पर दुखी भी थे और हैरान भी।

अनिरुद्ध : "देख रहे हो? हमारा भाई उसके लिए पुणे से क्या-क्या लेकर आया, और वह देखो... उसे छूने तक नहीं दे रही। इससे बेहतर होता कि हमारे लिये छोटासा कुछ ले आता ।हम सर पर चढा लेते इसे। "

सृष्टि : (गहरी सांस लेते हुए) "यह मीनाक्षी का तरीका है। वह उसे उतना ही करीब आने देती है जितना उसे अपना काम निकालने के लिए चाहिए। वह जानती है कि अगर उसने शौर्य को छूने दिया, तो उसका जादू टूट जाएगा। वह उसे 'हसरत' बनाकर रखना चाहती है, 'हकीकत' नहीं।"

पार्थ : "लेकिन शौर्य की आँखो में देखो। उसे लग रहा है कि मीनाक्षी खुश है, तो उसकी दुनिया सफल हो गई। वह यह नहीं देख पा रहा कि वह तोहफे स्वीकार कर रही है, पर उसे नहीं।"

मीनाक्षी तोह्फे निहार रही थी। शौर्य ने पुणे से लाई हुई भाकरवडी भी खा रही थी।

शौर्य : "मीनाक्षी, तुम्हें सच में पसंद आया ना? मुझे लगा शायद तुम्हें यह सादगी पसंद न आए।"

मीनाक्षी: "पसंद क्यो नहीं आएगा शौर्य? तुमने इसे मेरे लिए चुना है। पर देखो, अब मुझे जाना होगा। अयान और दोस्त मेरा इंतज़ार कर रहे हैं। इस ब्रेसलेट के लिए शुक्रिया, यह मेरा 'लकी चार्म' रहेगा।"

वह उठी और अपनी चिर-परिचित तेज़ चाल से अपनी मर्सिडीज की ओर बढ़ गई। शौर्य वहीं खड़ा अपनी उंगलियो को देख रहा था, जो मीनाक्षी की कलाई को छूने के लिए बेताब थीं, पर नाकाम रहीं।

उस दिन शौर्य को समझ नहीं आया कि मीनाक्षी का तोहफा खुशी-खुशी लेना उसकी जीत थी या उसे छूने न देना उसकी सबसे बड़ी हार। वह ब्रेसलेट मीनाक्षी की कलाई की शोभा बढ़ा रहा था, पर वह कलाई शौर्य की पहुँच से उतनी ही दूर थी जितना कि आसमान का कोई सितारा।

पुणे से लौटने के बाद शौर्य के मन में मीनाक्षी के लिए सम्मान और भी बढ़ गया था। उसने जो ब्रेसलेट और स्कार्फ उसे दिया था, वह उसके लिए केवल उपहार नहीं, बल्कि उसके वादोंका एक प्रतीक था। लेकिन इन सबके बीच एक बात जो सबसे अलग थी, वह थी शौर्य की मर्यादा।

कॉलेज के सूनसान कोनोंमें, या शाम को छत पर जब वे अकेले होते, मीनाक्षी कभी-कभी शरारत से शौर्य के बहुत करीब आ जाती। वह अपनी लटें संवारते हुए शौर्य की आँखोंमें गहराई से देखती, मानो उसे उकसा रही हो। लेकिन शौर्य हमेशा अपनी नज़रें झुका लेता या एक सम्मानजनक दूरी बना लेता।

उसने कभी मीनाक्षी का हाथ पकड़ने की पहल भी नहीं की, जब तक कि वह खुद उसे न थाम ले। उसके लिए प्यार का मतलब था— मीनाक्षी की आँखोंकी चमक को बरकरार रखना, न कि उसे अपनी बाहोंमें भरना।

एक रात वीडियो कॉल पर मीनाक्षी ने धीरे से पूछा, "शौर्य तुम कभी मुझसे कुछ मांगते क्यों नहीं? न कोई हक जताते हो, न करीब आने की कोशिश करते हो। क्या तुम्हें मैं आकर्षक नहीं लगती?"

शौर्य ने मुस्कुराकर जवाब दिया, "मीनाक्षी, आकर्षण तो शरीर का होता है, और मेरा जुड़ाव तुम्हारी रूह से है। मैं तुम्हें उस नजर से देख ही नहीं पाता कि तुम्हें छूने की इच्छा हो। मेरे लिए तुम एक ऐसी कृतिहो जिसे दूर से देखकर सजदा किया जाता है।"

मीनाक्षी के लिए यह अनुभव नया था। उसने अब तक जितने भी लड़कोंको देखा था, वे सब उसके करीब आने के बहाने ढूंढते थे। शौर्य का यह 'सात्विक' प्रेम उसे कभी-कभी अचंभे में डाल देता, और कभी-कभी वह इसका फायदा उठाने के लिए इसे उसकी 'कमजोरी' समझ लेती।

मीनाक्षी के सेमेस्टर एग्जाम्स सिर पर थे। शौर्य ने अपनी खुद की पढ़ाई को ताक पर रख दिया था। वह रात के तीन-तीन बजे तक जागकर मीनाक्षी के लिए कम्प्यूटेशनल फाइनेंस और स्ट्रैटेजिक मैनेजमेंट के कठिन टॉपिक्स को आसान भाषा में लिखकर नोट्स बनाता।

वे वीडियो कॉल पर होते, लेकिन वहां कोई रोमांटिक शरारत नहीं होती थी। शौर्य एक सख्त शिक्षक की तरह उसे एक-एक कॉन्सेप्ट समझाता।

"मीनाक्षी, यह वाला ग्राफ देखो, अगर तुम इसे ऐसे ड्रा करोगी तो एक्स्ट्रा मार्क्स मिलेंगे," शौर्य स्क्रीन पर अपनी नोटबुक दिखाते हुए कहता।

मीनाक्षी कभी-कभी ऊंघने लगती, "शौर्य बहुत हो गया... थक गई हूँ।"

शौर्य कोमलता से कहता, "बस ये आखिरी टॉपिक, फिर तुम सो जाना। मैं बाकी के नोट्स सुबह तक तुम्हारे ईमेल पर भेज दूँगा।"

जब मीनाक्षी सो जाती, तो शौर्य कॉल काटता नहीं था। वह स्क्रीन पर सोते हुए मीनाक्षी को देखता और अपनी पढ़ाई शुरू करता। उसने कभी उसे नींद में भी 'गलत' तरीके से नहीं निहारा। उसके लिए वह चेहरा उसके संघर्षकी प्रेरणा था।

बीच बीच मै उनकी बातोंमें 'भविष्य' बहुत बड़ा हिस्सा था।

"शौर्य जब हम अपने घर में होंगे, तो हम बालकनी में दो अलग कुर्सियां रखेंगे और ढलते सूरज को देखेंगे," मीनाक्षी कहती।

शौर्य की सोच में भी कभी 'एक बिस्तर' या 'नज़दीकियों' की जगह नहीं थी। वह बस उसे खुश देखना चाहता था।

उस रात कॉल पर मीनाक्षी ने एक फोटो भेजी जिसमें वह पुणे वाले स्कार्फको ओढ़े हुए थी।

"कैसी लग रही हूँ?"

शौर्य ने जवाब दिया, "जैसे किसी मंदिर की शांति। तुम्हें देखकर मन शांत हो जाता है, मीनाक्षी।"

शौर्य का यह निस्वार्थ और निष्कलंक प्रेम ही उसकी सबसे बड़ी ताकत थी और शायद सबसे बड़ी कमजोरी भी। क्योंकि उसे अंदाजा नहीं था कि जिस लड़की को वह 'देवी' की तरह पूज रहा है, वह उसे केवल अपनी प्रसिद्धिकी सीढ़ी के रूप में इस्तेमाल कर रही है।

सेमेस्टर परीक्षाओंका अंतिम दिन कॉलेज में एक अलग ही ऊर्जा लेकर आता है। हवा में राहत की खुशबू होती है और गलियारोंमें आज़ादी का शोर। लेकिन शौर्य के लिए यह दिन केवल उसकी मेहनत का परिणाम नहीं, बल्कि मीनाक्षी की जीत का उत्सव था।

सुबह के साढ़े दस बज रहे थे। शौर्य परीक्षा हॉल के बाहर खड़ा था। उसका अपना पेपर तो कल ही खत्म हो चुका था, लेकिन वह वहां सिर्फ मीनाक्षी के लिए था। उसने पूरी रात जागकर मीनाक्षी के लिए 'केस स्टडीज' के अंतिम नोट्स तैयार किए थे।

जैसे ही मीनाक्षी हॉल की ओर बढ़ी, शौर्य ने उसे रोका। "मीनाक्षी, ये लो। इसमें पिछले पांच सालोंके रिपीटेड क्वेश्चंस का सारांश है। बस एक बार देख लो।"

मीनाक्षी ने जल्दी में नोट्स लिए, उसके हाथ शौर्य के हाथोंसे टकराए, पर इस बार उस स्पर्शमें वह गर्माहट नहीं थी। "थैंक्स शौर्य तुम सच में लाइफ-सेवर हो। पेपर के बाद मिलते हैं!" वह मुस्कुराकर अंदर चली गई। शौर्य वहीं खड़ा रहा, जब तक कि हॉल का दरवाजा बंद नहीं हो गया।

तीन घंटे बीत गए। शौर्य कॉलेज की उसी सूनसान छत पर खड़ा था जहाँ वे अक्सर मिलते थे। उसने मीनाक्षी के पसंदीदा सफ़ेद गुलाबोंका एक छोटा सा गुलदस्ता अपने हाथ में ले रखा था। उसने सोचा था कि पेपर खत्म होते ही वह उसे बधाई देगा और वे कुछ देर शांतिसे बैठेंगे।

घंटी बजी। छात्र बाहर निकलने लगे। शौर्य नीचे पहुँचा, उसकी नज़रें उस भीड़ में केवल मीनाक्षी को ढूंढ रही थीं। तभी उसने देखा— मीनाक्षी बाहर निकली, उसका चेहरा खुशी से दमक रहा था। वह अपने बैच के सीनियर लड़कोंऔर सहेलियोंसे घिरी हुई थी।
शौर्य ने उसे हाथ हिलाकर बुलाने की कोशिश की, "मीनाक्षी!"
मीनाक्षी ने उसे देखा। उसकी आँखोंमें एक पल के लिए हिचकिचाहट आई। उसने शौर्य की तरफ एक औपचारिक मुस्कान दी और अपने दोस्तोंसे कहा, "अरे, वह मेरा एक जूनियर है, उसने पढ़ाई में मदद की थी।"
उसने शौर्य के पास आने के बजाय अपनी सहेली का हाथ पकड़ा और चिल्लाकर बोली, "चलो सब! आज 'रॉक-गार्डन' कैफे में पार्टी है! मेरा पेपर बहुत जबरदस्त गया है!"
शौर्य वहीं जम गया। वह गुलदस्ता उसके हाथ में ही रह गया। मीनाक्षी बिना पीछे मुड़े, अपने सीनियर दोस्तोंकी कारोंके काफिले में बैठकर निकल गई। उसने एक बार भी शौर्य से यह नहीं पूछा कि क्या वह भी आना चाहता है।
थका-हारा शौर्य कैंटीन की ओर बढ़ा। उसे उम्मीद थी कि वहां उसके अपने पुराने दोस्त—अनिरुद्ध, पार्थ, कुमुद और निशू होंगे, जो उसे संभाल लेंगे।
जैसे ही वह वहां पहुँचा, उसने देखा कि पूरा ग्रुप एक साथ बैठा हँस रहा था। निशांत और विनीत अपनी जीत का जश्न मना रहे थे। अवनी और तृप्ति सबको नाश्ता परोस रही थीं। शौर्य को देखते ही वहां सन्नाटा छा गया।
अनिरुद्ध ने अपनी नज़रें फेर लीं।
पार्थ ने ठंडी आवाज़ में कहा, "आज तो तेरी 'सीनियर' की पार्टी होगी ना? यहाँ हमारे बीच क्या कर रहा है? तूने तो कहा था कि हम तेरी सोच के लायक नहीं हैं।"

कुमुद की आँखोंमें दुख था, पर वह बोली नहीं। शौर्य ने महसूस किया कि उसने मीनाक्षी के लिए उन लोगोंका दिल दुखाया था जिन्होंने उसे हमेशा प्यार दिया था। आज उसके पास न वह 'खास' इंसान था और न ही वे सच्चे दोस्त।

"मैं... मैं बस देखने आया था," शौर्य हकलाया।

"देख लिया ना? अब जा, शायद वह तेरा इंतज़ार कर रही होगी," मानिनी ने अपने सख्त लहजे में कहा।

शौर्य बिना कुछ कहे वहां से मुड़ा। उसकी पीठ झुक गई थी और हाथ में पकड़े गुलाब अब कुम्हलाने लगे थे।

शौर्य अपने कमरे में वापस आया और दरवाजा अंदर से बंद कर लिया। शाम ढल गई, रात हो गई, पर उसके फोन पर एक भी मैसेज नहीं आया।

उसने इंस्टाग्राम खोला। वहां मीनाक्षी की स्टोरीज़ की भरमार थी। वह अपने सीनियर दोस्तोंके साथ डांस कर रही थी, वह ब्रेसलेट पहने हुए थी जो शौर्य ने दिया था, पर उसके कैप्शन में लिखा था—"Best night with the best mates! Finally free!"

शौर्य ने वह म्यूजिक बॉक्स निकाला जो वह पुणे से लाया था। उसने उसे बजाया। वही धुन गूँजने लगी जो कभी उसे सुकून देती थी, पर आज वह उसके घावोंपर नमक छिड़क रही थी।

उसने अपने बिस्तर पर सर रखा और फूट-फूटकर रोने लगा। वह रो रहा था अपनी बेवकूफी पर, अपने उस 'पवित्र प्रेम' पर जिसे उसने पूजा समझा था, पर मीनाक्षी ने उसे महज एक 'सुविधा' समझा। उसे याद आया कि कैसे उसने रात-रात भर जागकर उसके नोट्स बनाए थे, कैसे उसने अपने दोस्तोंसे झगड़ा किया था।

"क्या मैं सिर्फ एक असाइनमेंट था?" वह खुद से पूछ रहा था।

उसने फोन उठाकर मीनाक्षी को मैसेज टाइप किया: "पेपर कैसा रहा? मैंने तुम्हारा इंतज़ार किया था।" पर उसने वह मैसेज सेंड नहीं किया। उसे डर था कि कहीं उसका जवाब उसे और भी तोड़ न दे। वह पूरी रात अंधेरे कमरे में बैठा रहा, उसकी आँखोंसे आंसू बहते रहे। शौर्य जो कॉलेज का सबसे प्रभावशाली लड़का माना जाता था, आज एक टूटे हुए खिलौने की तरह अपने ही कमरे के कोने में सिमट गया था।

उसे अहसास हुआ कि'सिचुएशनशिप' में कोई हक़ नहीं होता, सिर्फ उम्मीदें होती हैं जो अंत में कांच की तरह चुभती हैं।

पिछली रात के आँसुओं ने शौर्य के तकिए को तो भिगोया था, लेकिन उसके संकल्प को नहीं तोड़ पाए। वह सुबह उठा, आँखें सूजी हुई थीं, पर जैसे ही उसके फोन की स्क्रीन चमकी, उसका सारा दर्दकाफूर हो गया।

मीनाक्षी का मैसेज था: "शौर्य ..मै बहुत परेशान हु। मेरी तबीयत बहुत खराब है। मुझे जल्दी मिलने आओ। बस, इतना काफी था। शौर्य जो कल रात खुद को समेटने की कसम खा रहा था, एक पल में भूल गया कि उसे अकेले छोड़ा गया था।

शौर्य को पता चला कि मीनाक्षी के पीरियड्स शुरू हो गए हैं और उसे बहुत तेज दर्द हो रहा है। वह अपनी नाराजगी भूलकर तुरंत काम पर लग गया। वह जानता था कि मीनाक्षी को ऐसे समय में क्या सुकून देता है।

वह सबसे पहले कॉलेज की कैंटीन से उसकी पसंदीदा कोल्ड कॉफी और डार्क चॉकलेट्स का एक बड़ा पैक लेकर आया। उसने रास्ते में एक मेडिकल स्टोर से 'हीटिंग पैड' भी खरीदा। वह सीधा उसके हॉस्टल के गेट तक पहुँचा और वार्डन के जरिए सामान अंदर भिजवाया।

कुछ देर बाद मीनाक्षी का वीडियो कॉल आया। वह बिस्तर पर लेटी थी, चेहरा पीला पड़ा था। "थैंक यू शौर्य .. तुम सच में फरिश्ते हो। मुझे पता था कि सिर्फ़ तुम ही मेरा दर्द समझ सकते हो।"

शौर्य की आँखों में फिर से वही 'इबादत' वाला भाव आ गया।

"तुम बस आराम करो मीनाक्षी। मैंने तुम्हारे लिए कुछ और नोट्स भी तैयार किए हैं और हाँ, तुम्हें कुछ और चाहिए हो तो बस एक मैसेज कर देना।"

कल रात की पार्टी, वह अनदेखा किया जाना, वह अकेलापन—सब कुछ एक 'सॉरी' के बिना ही शौर्य ने माफ़कर दिया। उसे लगा कि मीनाक्षी की यह बेबसी ही उसका उसके प्रति असली प्यार है।

अगले कुछ दिनों में कॉलेज का माहौल बदल गया। एग्जाम्स खत्म हो चुके थे, अब रिजल्ट्स और प्लेसमेंट की बारी थी। मीनाक्षी को अब शौर्य की बौद्धिक क्षमता और उसके कॉलेज में रसूख की सबसे ज़्यादा ज़रूरत थी।

वह शौर्य को अपने पास से जाने नहीं देती थी, लेकिन उसे वह 'स्थान' भी नहीं देती थी जो एक प्रेमी का होता है।

कॉलेज के कैंपस में 'फेयरवेल' की सुगबुगाहट थी। दीवारों पर यादों के पोस्टर लग रहे थे।

सुबह से ही शौर्य और उसके दोस्तो—सृष्टि , अनिरुद्ध, पार्थ, मानिनी,कुमुद —ने ऑडिटोरियम को एक जन्नत की तरह सजाया था। शौर्य ने खुद सीढ़ियो पर चढ़कर वे नीली लाइटें लगाई थीं, क्योकि मीनाक्षी को नीला रंग पसंद था।

सृष्टि : (शौर्य को पानी देते हुए) "बस कर शौर्य । आज तो अपने लिए जी ले। देख, सब कितने खुश हैं। कम से कम आज तो उस 'आइस क्वीन' के ख्यालो से बाहर निकल।"

शौर्य : (मुस्कुराते हुए) "सृष्टि , आज आखिरी दिन है। शायद आज सब ठीक हो जाए। शायद आज वह समझ जाए कि सादगी की कीमत क्या होती है।"

सृष्टि ने एक गहरी ठंडी सांस ली। वह जानती थी कि शौर्य एक ऐसे रेगिस्तान में पानी ढूंढ रहा है जहा सिर्फ मृगतृष्णा है।

धीरे धीरे रंगीन शाम हुई, जिसका सबको इंतेजार था । छात्र अपनी बेहतरीन पोशाको में आने लगे। लड़के सूट में और लड़किया साड़ियो में। तभी मीनाक्षी की एंट्री हुई। उसने एक गहरे लाल रंग का ऑफ-शोल्डर गाउन पहना था। उसकी कलाई पर वही चांदी का ब्रेसलेट चमक रहा था जो शौर्य पुणे से लाया था। उसे देखकर शौर्य का दिल उम्मीदो से भर गया— "उसने मेरा दिया ब्रेसलेट पहना है, मतलब उसे मेरी कद्र है!"

संगीत बज रहा था। अनिरुद्ध और निशांत ने स्टेज पर धमाके दार डांस किया। सब मस्ती में डूबे थे। तभी अचानक संगीत धीमा हुआ और मीनाक्षी ने स्टेज की ओर कदम बढ़ाए।

अचानक मीनाक्षी ने आंखो पर गॉगल लगा लिया और संगीत बजने लगा । मीनाक्षी के अंदर कि "रविना" बाहर आने लगी थी । एक से बढकर एक गाने हुये । ऐसा डान्स था कि सब देखते रह गये । तभी गाना रुका और मीनाक्षी ने माइक थामा। हॉल में सन्नाटा छा गया।

मीनाक्षी : "हेलो एवरीवन! कॉलेज के ये तीन साल बहुत ही यादगार रहे। पर इन सालो में एक शख्स ऐसा था जिसने साये की तरह मेरा साथ दिया। एक ऐसा इंसान जिसे मैं आज सबके सामने कुछ खास कहना चाहती हूँ। दिल के करीब आने के लिये ज्यादा वक़्त लगता ऐसा नही है क्योकी अगर इंसान खास हो तोः वोह एक मुलाकात मै भी दिल के सबसे करीब आ जाता है । शौर्य... क्या तुम स्टेज पर आओगे?"

शौर्य के कान सुन्न हो गए। उसके दोस्तो ने उसे धक्का दिया। वह कांपते कदमो से स्टेज पर चढ़ा। मीनाक्षी उसके बिल्कुल करीब आई। उसके परफ्यूम की खुशबू शौर्य को मदहोश कर रही थी।

मीनाक्षी: (हज़ारो छात्रो के सामने घुटनो के बल बैठते हुए) "शौर्य, लोग कहते हैं कि प्यार सिर्फ बराबरी वालो में होता है, पर तुमने

साबित किया कि समर्पण क्या होता है। आज मैं अपनी आज़ादी और अपना दिल तुम्हें सौपना चाहती हूँ। क्या तुम मेरा यह तोहफा कबूल करोगे?"

उसने एक बहुत ही सुंदर, रेशमी रिबन से बंधा हुआ बॉक्स शौर्य की ओर बढ़ाया। शौर्य की आँखो में आँसू थे। उसने सोचा, "सृष्टि गलत थी, मेरा इंतज़ार सफल हुआ!"

शौर्य के इंतजार का फल उसके हाथ मै था। उसने अपने दोस्तो कि तरफ देखा जैसे वोह बताना चाहता था कि तुम सबने मुझे ना कहा पर फिर भी मै अपने प्रेम पर अटल था। आज उसका फल मुझे मिल गया

शौर्य ने जैसे ही बॉक्स का ढक्कन खोला, उसमें से कोई हीरा या अंगूठी नहीं निकली। एक तेज़ आवाज़ के साथ "धपाक!" हुआ और एक भयानक सा दिखने वाला.. लाल बालो वाला जोकर... झटके से बाहर निकला और शौर्य की नाक के पास आकर स्प्रिंग पर हिलने लगा। शौर्य अचानक हुए इस हमले से इतना डर गया कि वह पीछे की ओर लड़खड़ाया और गिरते-गिरते बचा। उसके चेहरे पर जो 'खौफ' और 'हैरानी' आई, वह मंच पर लगे बड़े प्रोजेक्टर पर साफ़ दिख रही थी।

मीनाक्षी: (पागलो की तरह हंसते हुए) "ओह माय गॉड! लुक एट हिज़ फेस! हाहाहा... शौर्य, तुम्हें सच में लगा कि मीनाक्षी सिंघानिया तुम्हें प्रपोज करेगी? दोस्तो, यह साल का सबसे बड़ा 'प्रैंक' था! मेरे दोस्तो ने दिया हुआ डेअर मैने पुरा किया क्योकी..मीनाक्षी कभी हर नही मानती।"

पूरा ऑडिटोरियम हंसी के धमाको से फट पड़ा। अयान और उसके दोस्तो का ग्रुप सीटी बजा रहा था। शौर्य के पैरो के नीचे से जैसे ज़मीन खिसक गई। वह वहां खड़ा था, हज़ारो लोगो की हंसी के बीच, हाथ में वह हिलती हुई 'स्प्रिंग डॉल' लिए।

शौर्य ने देखा कि उसके कुछ जूनियर भी उस पर हंस रहे थे। उसने गौर किया कि मीनाक्षी की आँखो में उसके लिए कोई प्यार नहीं, बल्कि एक 'शिकारी' वाली चमक थी। उसने अपनी पूरी ताकत बटोरी, अपने कांपते होठो को सिकोड़ा और एक कृत्रिम हंसी चेहरे पर ले आया।

शौर्य : "हा हा... मीनाक्षी, तुमने तो वाकई रुला दिया! बहुत अच्छा मज़ाक था। मैं तो सच में डर गया था। वैरी वैल प्लेड!"

उसने अपनी बेइज्जती को मज़ाक में लपेट लिया ताकि उसकी बची-कुची गरिमा बची रहे। वह स्टेज से नीचे उतरा। सृष्टि ने उसका हाथ पकड़ा।

सृष्टि : "शौर्य , चल यहा से। तू रो क्यो नहीं रहा? चिल्ला उस पर!"

शौर्य : "किस पर चिल्लाऊं सृष्टि ? अपनी पसंद पर? या अपनी उम्मीदो पर? उसने तो वही किया जो वह हमेशा से करती आई है... इस्तेमाल।"

वह ऑडिटोरियम के पिछले दरवाज़े से बाहर निकल गया। बाहर घनघोर अंधेरा था। वह उसी सीढ़ी पर जाकर बैठ गया जहा से उसने कभी मीनाक्षी को किसी और के साथ जाते देखा था। उसने वह स्प्रिंग डॉल फर्श पर रख दी। जोकर अब भी धीरे –धीरे हिल रहा था, जैसे शौर्य की बेवकूफी पर हंस रहा हो।

शौर्य (मन ही मन): "आज मेरा फेयरवेल सच में हो गया। मेरी मासूमियत से, मेरे निस्वार्थ भाव से और उस 'मीनाक्षी' से जिसे मैंने अपने ख्यालो में बनाया था। उसने पुणे का ब्रेसलेट पहना था, पर सिर्फ इसलिए ताकि वह मुझे करीब बुलाकर मेरा तमाशा बना सके।क्या सच मै मै पागल था जो उसके पीछे घूम रहा था ? क्या मैने गलती कि मीनाक्षी से प्यार कर के ? क्या सच मै मेरे दोस्तो कि बात न सून कर मैने उनके साथ...दोस्ती के साथ नाइंसाफी कि है ?"

रात की ठंडी हवा में शौर्य अकेला बैठा था। अंदर से संगीत की आवाज़ आ रही थी, पर उसके कानो में सिर्फ मीनाक्षी की वह 'क्रूर

हंसी' गुंज रही थी। उसने महसूस किया कि वह अब कभी पहले जैसा 'शौर्य' नहीं रह पाएगा। तभी रिद्धी वहा आई। धीरे धीरे शौर्य के आंखो से पानी आने लगा था। रिद्धी ने धीरे से वोह अपने रुमाल से पोछ कर उसके बाजू मै बैठ गयी।

रिद्धी : "कॉलेज का पेहला दिन याद है तुझे जब मेरे साथ छेड- छाड कर रहे थे। तब अचानक तू पीछे से आया और मुझे बचाया था। उस दिन पेहली बार हम मिले और मै तुम्हारे ग्रुप मै जॉईन हुई। तुम्हे पता है मै तुम्हारे साथ क्यो हु ? क्योकी मुझे तुम्हारा निडर और मनमौजी स्वभाव पसंद है। पर जबसे मीनाक्षी तुम्हारे साथ है तुम तुम नही रहे। इस वजह से मैने ग्रुप से दूरिया बना ली। क्योकी मै तुम्हारी वजह से वहा थी। अभी भी वक़्त गया नही है शौर्य। संभल जावो। खुद के लिये सोचो। और हा चलो अंदर सब तेरी राह देख रहे है। खाना बाकी है सबका और वोह मानिनी और निशांत को समझा वरना मीनाक्षी से झगडा कर के वोह फेअरवेल के बारा बजा देंगे।"

शौर्य रिद्धी कि तरफ देखता रहा। उसे पता चला कि मीनाक्षी कि वजह से उसने बोहोत कुछ खो दिया है। और अगर अभी वोह नही संभला तोः सबकुछ खो देगा। सोचते सोचते रिद्धी के साथ वोह अंदर चला गया।

यह प्रैंक सिर्फ एक मज़ाक नहीं था, यह शौर्य के आत्म-सम्मान की अर्थी थी। मीनाक्षी ने साबित कर दिया था कि वह सोने के पिंजरे में रहने वाली एक ऐसी चिड़िया है जो दूसरो के पंख काटकर अपनी उड़ान का जश्न मनाती है।

अगले दिन वह कॉलेज कि सिढियो पर बैठा था। कॉलेज के मुख्य भवन की वे संगमरमर की सीढ़िया शौर्य के लिए किसी इबादतगाह से कम नहीं थीं। वहीं बैठकर उसने मीनाक्षी का घंटो इंतज़ार किया था। उस दिन वहा बैठकर घंटो से मीनाक्षी के आने की राह देख रहा था। धूप ढल रही थी, कैंपस खाली हो रहा था, पर शौर्य वहीं जमा था। उसके मन में कई बातें थीं—उसने सोचा था कि आज वह

मीनाक्षी से अपने दिल की कुछ गहरी बातें साझा करेगा। लेकीन फिर भी फेयरवेल के दिन हुई वोह घटना उसे बार बार याद आ रही थी। उसे आज उस घीनोने मजाक का विश्लेषण चाहिये था।

तभी एक काली चमचमाती स्पोर्ट्स बाइक कॉलेज के गेट पर रुकी। उस पर एक लड़का सवार था—लंबा, स्टाइलिश और रईस दिखने वाला (अयान नहीं, कोई नया चेहरा जिसे शौर्य ने पहले कभी नहीं देखा था)।तभी शौर्य को याद आया कि उसने इसे एक बार इस लडके को नवरात्री मै जज्जेस के साथ पुरा वक़्त घुमते देखा था। उसे लगा कि उस दिन हुई अंतिम परिणाम घोषणा कि धांदली के बारे मै इसे कुछ पता होगा। शौर्य खड़ा हो गया, उसे लगा यही वक़्त है खुदको और मीनाक्षी को दोस्त और समिती के सामने सच साबित करने का।शौर्य आगे जाने हि लगा लेकिन तभी बिल्डिंग से मीनाक्षी बाहर निकली। उसकी चाल में वही आत्मविश्वास था। उसने शौर्य की ओर देखा, उसकी नज़रे एक पल के लिए शौर्य से मिलीं, पर उसने अनदेखा कर दिया।

शौर्य : (धीरे से) "मीनाक्षी... मुझे आपसे कुछ जरुरी बाते करनी है,क्या हम अभी कर सकते है ?"

मीनाक्षी ने अपनी घड़ी देखी और बहुत ही बेरुखी से कहा, "ओह शौर्य, मैं भूल गई थी। मुझे मित के साथ एक ज़रूरी काम से बाहर जाना है। हम फिर कभी बात करेंगे ।"

बिना किसी स्पष्टीकरण के , बिना किसी 'सॉरी' के , वह उस लड़के की बाइक पर पीछे बैठ गई। उसने उस लड़के के कंधे पर हाथ रखा और वे दोनो धूल उड़ाते हुए निकल गए। शौर्य वहीं उन सीढ़ियो पर पत्थर की मूरत बना खड़ा रह गया।

जैसे-जैसे बाइक की आवाज़ कम हुई, शौर्य के मन में सवालो का बवंडर उठने लगा।

शौर्य (मन ही मन): "वह कौन था? उसने तो कहा था कि उसका अयान के अलावा कोई दोस्त नहीं हैअगर ये मीनाक्षी को जानता है

मतलब नवरात्री के परिणाम मै हुई धांदली मीनाक्षी ने हि करवाई थी ? और उसने मुझे ऐसे क्यो देखा जैसे मैं कोई अजनबी हूँ? क्या मैं सिर्फ उसके काम पुरे करने के लिए हूँ? क्या वो ब्रेसलेट जो मैंने इतनी दुआओं के साथ दिया था, वो सिर्फ़ एक दिखावा था?"
संदेह की एक लहर उसके सीने में उठी। उसे याद आया कि कैसे वह उसे छूने तक नहीं देती थी, कैसे वह हमेशा उसे 'फरिश्ता' कहकर अपनी दूरी बनाए रखती थी। क्या वह उसे प्रेम करती थी या सिर्फ उसका इस्तेमाल कर रही थी?
तभी शौर्य का 'प्रेमी ह्रदय' उसके 'तार्किक मस्तिष्क' पर हावी होने लगा। उसने अपने आँसू पोछे और खुद को समझाने लगा।
शौर्य (मन हि मन) : "नहीं शौर्य, तू कितना छोटा सोच रहा है। वह मीनाक्षी है, सिंघानिया खानदान की बेटी। उसके कितने ही पारिवारिक दोस्त और बिजनेस पार्टनर होगे। शायद वह कोई ज़रूरी काम होगा। उसने मुझे अनदेखा नहीं किया, वह बस जल्दी में थी। मुझे उस पर शक करके अपने पवित्र प्यार को मैला नहीं करना चाहिए।"
वह फिर से उसी सीढ़ी पर बैठ गया। उसके हाथ कांप रहे थे। उसने अपने फोन में मीनाक्षी की वही गणेश विसर्जन वाली फोटो देखी और उसे चूम लिया। वह उस शक को दबा देना चाहता था क्योकि शक की कीमत मीनाक्षी को खोना था, और वह उसे खोने की हिम्मत नहीं रखता था।
दूर खड़े अनिरुद्ध और सृष्टि ने यह सब देखा था। वे शौर्य के पास आए।
सृष्टि : "शौर्य , अब तो अपनी आँखो से पट्टी हटा ले। वह तुझे अपनी उंगलियो पर नचा रही है। वह लड़का अयान नहीं था, वह कोई और था। वह तेरे जज्बातो से फुटबॉल खेल रही है।"

शौर्य : (गुस्से में) "चुप रहो सृष्टि ! तुम्हें हर चीज़ में साज़िश क्यो दिखती है? वह मेरी दोस्त है, मुझ पर भरोसा करती है। तुम लोग बस उसे बदनाम करना चाहते हो।"

अनिरुद्ध : "भाई, हम उसे बदनाम नहीं कर रहे, हम तुझे टूटने से बचाना चाहते हैं। तू उस आग की पूजा कर रहा है जो तुझे ही जलाकर राख कर देगी।"

शौर्य को बोहोत गुस्सा आ रहा था। पर वोह बिना कुछ बोले वहा से उठकर चला गया। उसके कदम लड़खड़ा रहे थे, पर उसका मन अब भी मीनाक्षी के बचाव में दलीलें गढ़ रहा था। उसे लगा कि प्यार का मतलब ही सहना है। उसे नहीं पता था कि वह सह नहीं रहा था, वह खुद को धीरे-धीरे खत्म कर रहा था।

उस शाम सीढ़ियो पर बैठा शौर्य एक ऐसा प्रेमी था जिसने अपनी आंखो को खुद ही बंद कर लिया था ताकि वह सच न देख सके । उसके लिए मीनाक्षी का वह 'अनदेखा करना' भी एक सजा थी जिसे वह हंसकर स्वीकार कर रहा था।

दिन बदलते गये और वक़्त आया जहा मीनाक्षी को अब शौर्य से दूरिया बना लेना सही लगा। अब जब शौर्य उसे कॉल करता, तो वह अक्सर बिजी आता या वह उठाती ही नहीं थी।

मैसेज का रिप्लाई घंटों बाद आता—"ओह,सॉरी !मै प्लेसमेंट सेल के साथ मिटिंग मे थी।" या "मै अपने सिनियर फ्रेंड के साथ प्रोजेक्ट डिस्कस कर रही थी। लेकिन जैसे ही उसे कोई मुश्किल आती—चाहे वो किसी प्रोफेसर से बात करनी हो, लाइब्रेरी से कोई दुर्लभ किताब निकलवानी हो, या कोई टेक्निकल फाइल फिक्स करनी हो—वह शौर्य को ऐसे बुलाती जैसे वह उसका इकलौता सहारा हो। वीडियो कॉल्स अब कम होने लगे थे। अब मीनाक्षी 'स्लीपिंग ऑन कॉल' नहीं करती थी। वह कहती, "शौर्य कैमरा खराब है" या "नेटवर्क इश्यू है, बस आवाज़ सुनो।" शौर्य घंटों बोलता रहता और दूसरी तरफ से सिर्फ"हम्म", "ओके" सुनाई देता। शौर्य को लगता

कि वह थक गई है, पर असल में वह उस वक्त किसी और से चैट कर रही होती या अपनी अगली चाल चल रही होती।

अनिरुद्ध और पार्थ उसे दूर से देखते और ठंडी आह भरते। कुमुद ने एक दिन उसे लाइब्रेरी में अकेले पाकर पास जाने की कोशिश की।

"शौर्य तू अभी भी वहीं खड़ा है जहाँ उसने तुझे छोड़ा था। वह आगे बढ़ रही है, तुझे सीढ़ी बनाकर," कुमुद ने धीरे से कहा।

शौर्य ने उसकी तरफ देखा भी नहीं। "वह आगे बढ़ रही है तो मुझे खुशी है। और अगर मैं उसकी सीढ़ी हूँ, तो यह मेरा सौभाग्य है। तुम लोग प्यार नहीं समझते कुमुद।"

कुमुद और निशू चुपचाप वहां से चली गईं। उन्होंने समझ लिया था कि शौर्य उस नशे में है जहाँ हकीकत की कड़वाहट उसे महसूस ही नहीं हो रही। निशांत और विनीत ने भी अब उसे टोकना बंद कर दिया था। पूरा ग्रुप अब शौर्य के बिना ही अपनी दुनिया बसा चुका था, और शौर्य मीनाक्षी की उस दुनिया का हिस्सा बनने की कोशिश कर रहा था जहाँ उसके लिए कोई स्थायी जगह थी ही नहीं।

लेकिन मीनाक्षी का ध्यान यादों पर नहीं, बल्कि अपने आने वाले भविष्य और 'हायर स्टडीज' (उच्च शिक्षा) पर था। उसे एक बड़े विदेशी विश्वविद्यालय या देश के टॉप मैनेजमेंट संस्थान में दाखिला चाहिए था, और इसके लिए उसे एक ऐसे अकादमिक प्रोफाइल और रेफरेंस की जरूरत थी, जो केवल शौर्य जैसा प्रतिभाशाली छात्र ही तैयार कर सकता था।

परीक्षाओं में अभी पूरा एक महीना बचा था। पूरे कॉलेज में विदाई की एक उदास सी लहर थी, लेकिन मीनाक्षी के दिमाग में केवल अपना 'प्रोफाइल' चल रहा था। उसे पता था कि उसे आगे पढ़ने के लिए जिन सिफारिशों और पोर्टफोलियो की ज़रूरत है, वे शौर्य के बिना मुमकिन नहीं हैं।

एक सुबह, मीनाक्षी ने शौर्य को सीढ़ियों के पास बुलाया। उसकी आँखों में वह पुरानी चमक नहीं, बल्कि एक बनावटी बेचैनी थी।

"शौर्य मुझे आगे की पढ़ाई के लिए जो 'स्टेटमेंट ऑफ पर्पस' और रिसर्च प्रपोजल चाहिए, उनमें बहुत तकनीकी बारीकियां हैं। प्रोफेसर्स कह रहे हैं कि अगर तुम्हारा रेफरेंस मिल जाए, तो मेरा एडमिशन पक्का है। क्या तुम अगले एक महीने में मेरे साथ बैठकर यह सब फाइनल कर दोगे?"

शौर्य ने बिना एक पल सोचे हामी भर दी। "तुम बस पढ़ाई पर ध्यान दो मीनाक्षी, तुम्हारे डॉक्यूमेंट्स और रेफरेंस की जिम्मेदारी मेरी है।"

उस दिन के बाद से शौर्य एक मशीन की तरह काम करने लगा। वह लाइब्रेरी में घंटों बैठकर मीनाक्षी के लिए रिसर्च पेपर पढ़ता, प्रोफेसर्सकी मिन्नतें करता कि वे मीनाक्षी को एक अच्छा 'लेटर ऑफ रिकमेंडेशन' (LOR) दे दें। लेकिन जैसे-जैसे काम पूरा होने लगा, मीनाक्षी का व्यवहार बदलने लगा।

शौर्य जब उसे उत्साह में फोन करता कि"मीनाक्षी, प्रोफेसर्स मान गए हैं!", तो मीनाक्षी का फोन हमेशा बिजी रहता। घंटों बाद उसका एक ठंडा सा मैसेज आता—"ओके, थैंक्स। अभी बिजी हूँ, रात को बात करेंगे।"

रात को जब वीडियो कॉल होता, तो वह शौर्य की बातें सुनने के बजाय अपने फोन पर दूसरी तरफ टाइपिंग कर रही होती। वह कैमरा बंद रखती और बस "हम्म", "ठीक है" बोलकर कॉल काट देती।

वह उसे पूरी तरह से छोड़ती नहीं थी। जब उसे लगता कि शौर्य थोड़ा पीछे हट रहा है, तो वह अचानक से एक बहुत रोमांटिक मैसेज कर देती—"शौर्य तुम्हारे बिना मेरा क्या होता! तुम मेरे सबसे करीबी हो।" और शौर्य फिर से उसी जाल मेंफँस जाता।

एक शाम, शौर्य अपनी थकान मिटाने के लिए अकेले बैठा था, तभी अनिरुद्ध , पार्थ और कुमुद वहां आए। उन्होंने देखा कि शौर्य की आँखों के नीचे काले घेरे पड़ गए थे।

अनिरुद्ध: "शौर्य यह क्या हाल बना रखा है? तू अपनी पढ़ाई छोड़कर उस सीनियर के कागज़ काले कर रहा है जिसे तेरी कदर तक नहीं है।"

पार्थ: "भाई, वह सिर्फ तेरा 'रेफरेंस' इस्तेमाल कर रही है। जैसे ही उसका एडमिशन हो जाएगा, वह तुझे पहचानना भी बंद कर देगी।"

शौर्य ने गुस्से में अपना लैपटॉप बंद किया।

"तुम लोग उसे नहीं समझते! वह तनाव में है। उसे अपने करियर की चिंता है और मैं बस उसकी मदद कर रहा हूँ। तुम लोग दोस्त कहलाने के लायक नहीं हो।"

उसने अपने उन दोस्तों का अपमान कर दिया जो बचपन से उसके साथ थे। निशू और अवनी ने भी उसे समझाने की कोशिश की, पर शौर्य ने किसी की नहीं सुनी। उसने खुद को एक ऐसे द्वीप पर कैद कर लिया था जहाँ केवल वह था और मीनाक्षी की बढ़ती हुई ज़रूरतें।

कॉलेज की छत पर एक शाम, मीनाक्षी ने शौर्य का हाथ थामकर कहा, "शौर्य बस ये एक महीना और। जैसे ही सब सेटल हो जाएगा, हम बहुत सारा वक्त साथ बिताएंगे।"

शौर्य ने उसकी बातों पर यकीन कर लिया। उसने अपनी रातों की नींद और अपने दोस्तों का साथ, सब कुछ उस 'सिचुएशनशिप' की वेदी पर चढ़ा दिया। वह नहीं जानता था कि मीनाक्षी ने अपने बैग में अपनी जुदाई की टिकट पहले ही रख ली थी। उसे बस शौर्य के उस 'नाम' और 'रेफरेंस' की तलाश थी, जो उसे ऊंचाइयों पर पहुँचा सके।

शौर्य ने पिछले कई दिनों से मीनाक्षी के लिए जो 'रेफरेंस लेटर्स' और एसओपी (SOP) तैयार किए थे, उनकी थकान उसके चेहरे पर साफ दिख रही थी। उसे लगा कि अब सही वक्त है कि वह मीनाक्षी से अपने दिल की बात कहे। उसने हिम्मत जुटाई और मीनाक्षी से एक 'डेट' के लिए पूछा।

मीनाक्षी ने एक पल सोचा, उसके दिमाग में अभी भी शौर्य से कुछ और काम निकलवाना बाकी था। उसने मुस्कुराकर कहा, "ठीक है शौर्य हम चलेंगे। लेकिन एक शर्त है—मेरी सहेली नयना भी हमारे साथ आएगी। मुझे अकेले बाहर जाने में थोड़ी झिझक होती है।"

शौर्य का दिल थोड़ा बैठा, पर उसने सोचा किचलो, शुरुआत तो हुई। शाम के वक्त शौर्य और मीनाक्षी ऑटो से डी-मार्टकी ओर निकले। नयना पीछे की सीट पर बीच में बैठी थी, जिससे शौर्य और मीनाक्षी के बीच की शारीरिक दूरी बनी रही। लेकिन ऑटो के शोर और हवा के झोंकों के बीच जब मीनाक्षी के बाल शौर्य के चेहरे को छूते, तो उसे लगता कि यही जन्नत है।

शौर्य ने धीरे से मीनाक्षी की ओर देखा। वह गुलाबी कुर्ती में बेहद खूबसूरत लग रही थी। "मीनाक्षी, आज तुम बहुत शांत हो," शौर्य ने कहा।

मीनाक्षी ने बस एक हल्की मुस्कान दी और नयना से कॉलेज की गॉसिप शुरू कर दी। शौर्य खिड़की के बाहर देखते हुए अपने जेब में रखे उस छोटे से तोहफे को महसूस कर रहा था, जिसे उसने उसे प्रपोज करने के लिए लिया था।

जैसे ही वे डी-मार्ट के अंदर दाखिल हुए और ट्रॉली उठाई, शौर्य के होश उड़ गए। सामने ही अनिरुद्ध और पार्थ ग्रोसरी के सेक्शन में खड़े थे। थोडा आगे कुमुद और निशू घर के लिए स्नेक्स चुन रही थीं। पूरा ग्रुप—अवनी,तृप्ति,निशांत,विनीत,मानिनी और रिद्धि—वहां मौजूद था। वे सब हॉस्टल के लिए महीने भर का राशन लेने आए थे।

"अरे! शौर्य तू यहाँ?" अनिरुद्ध की आवाज़में हैरानी और थोड़ा तंज था।

मीनाक्षी ने स्थितिको भांप लिया। उसने तुरंत अपनी 'सीनियर' वाली गरिमा ओढ़ली। "हाय लड़कों! मैं और नयना कुछ शॉपिंग करने आए थे, तो शौर्य ने कहा कि वह भी साथ चलेगा।"

शौर्य की 'डेट' एक ही पल में 'फ्रेंड्स टूर' में बदल गई। पार्थने शौर्य के कान में फुसफुसाया, "बड़ी अजीब डेट है भाई, सहेली और पूरे ग्रुप के साथ?"

शौर्य ने उसे अनदेखा कर दिया। अब वे सब साथ में डी-मार्टकी गलियों में घूम रहे थे। शौर्य चाहता था कि वह मीनाक्षी के साथ थोड़ा अकेला वक्त बिताए, लेकिन मीनाक्षी जानबूझकर मानिनी और रिद्धि के साथ चर्चामें उलझ गई। वह सबको दिखा रही थी कि वह कितनी 'अप्रोचेबल' और मिलनसार सीनियर है।

ट्रॉली में सामान भरा जा रहा था। शौर्य बार-बार मीनाक्षी के पास जाने की कोशिश करता, पर कभी निशांत उसे प्रोटीन शेक दिखाने लगता तो कभी विनीत उसे चिप्स के नए फ्लेवर के बारे में बताने लगता। शौर्य का वह 'प्रपोज' करने का इरादा धरा का धरा रह गया।

वह डी-मार्टकी भीड़ और बिलिंग काउंटर की कतार में पिसकर रह गया। उसे समझ आ गया कि मीनाक्षी ने नयना को साथ लाकर और दोस्तों के बीच घुल-मिलकर उसके लिए प्रपोज करने का कोई रास्ता छोड़ा ही नहीं था। मजाक मजाक मै पार्थ ने मीनाक्षी को एक परफ्युम देकर प्रोपोस किया। मस्ती मै मीनाक्षी ने भी उसके साथ प्यारी मस्ती करना शुरू कर दिया। यह देख कर शौर्य आग बगुला हो गया था।

शॉपिंग के बाद सब बाहर आए। डी-मार्टके बाहर लगे उस मशहूर वड़ा पाव के ठेले पर सब जमा हुए। अवनी सबको गरमा-गरम वड़ा पाव खिला रही थी। हंसी-मजाक चल रहा था, लेकिन शौर्य चुपचाप कोने में खड़ा मीनाक्षी को देख रहा था।

तभी मीनाक्षी के फोन की घंटी बजी। उसने स्क्रीन देखी और उसके चेहरे का रंग उड़ गया। वह थोड़ी हड्बडा गयी।

"नयना! चलो, जल्दी निकलना होगा," मीनाक्षी ने अचानक कहा।

"क्या हुआ मीनाक्षी? सब ठीक तो है?" शौर्य ने फिक्र से पूछा।

"हाँ... वह... घर से कॉल है, थोड़ा ज़रूरी काम आ गया है। सॉरी शौर्य मुझे जाना होगा," मीनाक्षी ने शौर्य की आँखों में देखे बिना कहा।

उसने नयना का हाथ पकड़ा और एक ऑटो रुकवाकर उसमें बैठ गई।

शौर्य उसे जाते हुए देखता रह गया। उसके हाथ में अभी भी वड़ा पाव का एक टुकड़ा था। अनिरुद्ध ने उसके कंधे पर हाथ रखा। "भाई, कॉल घर से नहीं था। तूने देखा नहीं, कॉल आते ही उसने फोन उल्टा कर दिया था। कुछ तो है जो वह छिपा रही है।"

शौर्य ने उसका हाथ झटक दिया। "तुम लोग हमेशा उसे गलत ही समझते हो।"

लेकिन शौर्य के दिल के किसी कोने में एक शक की सुई चुभ गई थी। वह 'डेट' जिसे उसने अपनी जिंदगी का सबसे बड़ा दिन बनाना चाहा था, एक अधूरे वड़ा पाव और मीनाक्षी की उस घबराहट भरी विदाई के साथ खत्म हो गई। वह प्रपोजल अभी भी उसकी जेब में था, और मीनाक्षी किसी और कॉल के साये में गायब हो चुकी थी।

डी-मार्टवाली उस अधूरी शाम और वड़ा पाव की उस कड़वाहट के बाद शौर्य कई दिनों तक उलझन में रहा। लेकिन कॉलेज से एक बड़ी खबर आई जिसने उसे थोड़ी देर के लिए इस मानसिक उथल-पुथल से बाहर निकाला। शौर्य का चयन एक राष्ट्रीय सेवा शिविर के लिए हुआ था, जिसके लिए उसे छत्तीसगढ़ जाना था।

निकलने से पहले शौर्य ने मीनाक्षी को दर्जनों बार फोन किया। वह उसे बताना चाहता था कि वह जा रहा है, वह उससे मिलकर वह अधूरा 'प्रपोजल' पूरा करना चाहता था। लेकिन मीनाक्षी का फोन या तो 'नॉट रीचेबल' आता या घंटी बजती रहती और कोई उठाता नहीं। पूरे तीन दिन बीत गए। शौर्य ने व्हाट्सएप पर मैसेज की झड़ी लगा दी:

"मीनाक्षी, क्या तुम ठीक हो?"

"मैं कल छत्तीसगढ़ निकल रहा हूँ, क्या एक बार मिल सकते हैं?"

"कोई गलती हुई क्या मुझसे?"

मैसेज पर 'ब्लू टिक' तो आ रहे थे, लेकिन जवाब नदारद था। शौर्य का दिल बैठ गया। उसे लगा कि शायद डी-मार्टवाली रात उसने कुछ गलत कह दिया या उसके दोस्तों की मौजूदगी से मीनाक्षी नाराज़ है।

शौर्य भारी मन से रेलवे स्टेशन पहुँचा। अनिरुद्ध और पार्थ उसके साथ जा रहे थे।

"छोड़ना भाई, जो फोन नहीं उठा रही, उसके लिए क्यों उदास है? छत्तीसगढ़में आदिवासी बच्चों के साथ काम करना है, अपना ध्यान वहां लगा," अनिरुद्ध ने उसे ढांढस बंधाया।

जैसे ही ट्रेन ने प्लेटफॉर्म छोड़ा और पटरियों की धक-धक शुरू हुई, शौर्य के फोन की नोटिफिकेशन टोन बजी। उसने कांपते हाथों से फोन निकाला।

"सॉरी शौर्य मैं पिछले तीन दिनों से पारिवारिक मसलों में बहुत उलझी हुई थी। फोन छूने का भी वक्त नहीं मिला। मुझे पता चला तुम कैंप जा रहे हो। तुम्हारी यात्रा मंगलमय हो और कैंप में बहुत अच्छा काम करना। अपना ख्याल रखना!"

शौर्य के चेहरे पर ऐसी चमक आई जैसे किसी मरते हुए को संजीवनी मिल गई हो। उसकी आँखों में खुशी के आँसू थे। उसने तुरंत रिप्लाई किया, "कोई बात नहीं मीनाक्षी, मुझे लगा तुम नाराज़ हो। अब मैं शांतिसे जा पाऊंगा। आई मिस यू!" उसे लगा कि उसका प्यार सच्चा है, तभी तो ऐन वक्त पर उसका संदेश आया। उसे यह नहीं दिखा कि तीन दिनों तक 'ऑनलाइन' रहने के बावजूद उसने एक 'हेलो' तक नहीं कहा था।

छत्तीसगढ़के सुदूर इलाकों में कैंप शुरू हुआ। शौर्य दिन भर मेहनत करता, बच्चों को पढ़ाता, श्रमदान करता। लेकिन जैसे ही सूरज ढलता और कैंप की आग जलती, वह एक कोने में जाकर बैठ जाता जहाँ मोबाइल का थोड़ा बहुत नेटवर्कआता था।

शौर्य का नियम बन गया था। वह रोज़ रात को मीनाक्षी को एक लंबा मैसेज भेजता, दिन भर की तस्वीरें भेजता और अपनी भावनाओं को कागज़पर लिखकर उसकी फोटो भेजता।

लेकिन मीनाक्षी का व्यवहार फिर वही हो गया।

शौर्य सुबह मैसेज करता, तो जवाब रात को १२ बजे आता।

शौर्य पूछता, "खाना खाया?" तो जवाब आता, "हम्म"।

शौर्य कहता, "तुम्हारी बहुत याद आ रही है", तो जवाब आता, "गुड नाईट, नींद आ रही है।"

वह बहुत-बहुत लेट रिप्लाई करती थी। कभी-कभी तो २४ घंटे बाद उसका संदेश आता। शौर्य खुद को तसल्ली देता—"बेचारी सीनियर है, घर की परेशानियां होंगी, ऊपर से एग्जाम्स की तैयारी भी कर रही है।"

कैंप में शौर्य के साथ कुमुद और निशू भी थीं। वे देखती थीं कि कैसे शौर्य सिग्नल की तलाश में पेड़ों के नीचे खड़ा रहता है, सिर्फ एक 'ओके' सुनने के लिए।

कुमुद : "शौर्य तू यहाँ छत्तीसगढ़के जंगलों में है, पर तेरा मन अभी भी उसी लड़की के पास गिरवी है। देख नहीं रहा कि वह तुझे इग्नोर कर रही है?"

शौर्य "वह इग्नोर नहीं कर रही कुमुद , वह बिजी है। उसने खुद कहा था कि फैमिली प्रॉब्लम है।"

शौर्य की इस जिद्द ने उसके और उसके दोस्तों के बीच एक दीवार खड़ी कर दी थी। कैंप के बाकी छात्र मस्ती कर रहे थे, स्थानीय संस्कृति का आनंद ले रहे थे, और शौर्य बस अपने फोन की काली स्क्रीन को घूर रहा था, इस उम्मीद में कि वह काली स्क्रीन मीनाक्षी की एक मुस्कान के साथ जगमगा उठेगी।

वह नहीं जानता था कि वह जिसे 'पारिवारिक मसला' कह रही थी, वह दरअसल उसकी नई सोशल लाइफ और उन 'फ्यूचर प्लांस' का

हिस्सा था जिसमें शौर्य की जगह केवल एक 'बैकअप' या 'हेल्पर' के तौर पर बची थी।

छत्तीसगढ़के घने जंगलों के बीच बसा वह छोटा सा गाँव आज रोशनी से दूर था, लेकिन वहाँ लगे राष्ट्रीय सेवा योजना के कैंप में एक अलग ही हलचल थी। ३१ दिसंबर की वह रात, साल २०२२ का आखिरी सूरज ढल चुका था। कैंप के बाकी छात्र—अनिरुद्ध , पार्थ, और निशांत —एक बड़े अलाव के चारों ओर नाच रहे थे, गा रहे थे। लेकिन शौर्य उस शोर से दूर, एक ऊंचे टीले पर खड़ा था जहाँ मोबाइल का नेटवर्क किसी लुका-छिपी के खेल की तरह आता-जाता था।

उसके हाथ कांप रहे थे। यह सिर्फ छत्तीसगढ़की कड़ाके की ठंड नहीं थी, बल्कि उसके भीतर का वह तूफान था जो पिछले कई दिनों की उपेक्षा, 'हम्म' वाले जवाबों और मीनाक्षी की बेरुखी से पैदा हुआ था। उसने मन बना लिया था—"आज साल का आखिरी दिन है, आज सब साफ हो जाएगा।"

रात के ठीक १२ बजे। पटाखों की दूर कहीं गूंज सुनाई दी। शौर्य ने अपना पूरा आत्मविश्वास बटोरा। उसने सोचा कि शायद साल का बदलना उनके रिश्ते की किस्मत भी बदल दे। उसने मीनाक्षी का नंबर डायल किया।

हैरानी की बात थी कि इस बार फोन पहली ही घंटी पर उठ गया।

"हैप्पी न्यू ईयर, मीनाक्षी!" शौर्य की आवाज में भावनाओं का सैलाब था, जैसे वह महीनों का इंतजार एक ही शब्द में उंडेल देना चाहता हो।

दूसरी तरफ से शोर की आवाजें आ रही थीं—संगीत, हंसने की आवाजें और कांच के टकराने की खनक। मीनाक्षी की आवाज बेहद ठंडी और सपाट आई— "हम्म।"

शौर्य का उत्साह एक पल में बर्फकी तरह जम गया। "मीनाक्षी... तुम सुन रही हो? मैं कैंप से बोल रहा हूँ, यहाँ बहुत ठंड है, पर मैं सिर्फ तुम्हारी आवाज..."

"और कुछ पूछना है? मुझे काम है, मैं कॉल काट रही हूँ," मीनाक्षी ने बिना किसी भावना के कहा और कॉल कट गया।

शौर्य वहीं पत्थर की मूरत बन गया। उसे समझ नहीं आया कि यह क्या था। क्या एक 'हैप्पी न्यू ईयर' का जवाब देने के लिए भी उसके पास वक्त नहीं था? उसे लगा शायद नेटवर्क की समस्या थी। उसने दोबारा हिम्मत जुटाई और फिर फोन लगाया।

"अब क्या है शौर्य क्यों परेशान कर रहे हो?" इस बार मीनाक्षी की आवाज में नफरत और चिड़चिड़ाहट साफ थी।
शौर्य ने लड़खड़ाती जुबान से कहा, "मीनाक्षी, वो... मुझे कुछ कहना था। मैं छत्तीसगढ़के इन जंगलों में हर रात बस यही सोचता रहा... मैं बहुत दिनों से कोशिश कर रहा हूँ..."
"मत कहो। मुझे सब पता है तुम क्या कहने वाले हो," मीनाक्षी ने उसकी बात बीच में ही काट दी।
शौर्य को लगा जैसे अंधेरे में कोई रोशनी दिखी हो। उसने मासूमियत और उम्मीद के साथ पूछा, "मतलब... तुम्हें सब पता था? क्या तुम्हें मेरी भावनाओं का अहसास था? तो क्या... क्या हम अब ऑफिशियली 'ओपन' हो सकते हैं? क्या मैं दुनिया को बता सकता हूँ कि तुम मेरी हो?"
एक पल के लिए दूसरी तरफ सन्नाटा छा गया, फिर मीनाक्षी की हंसी सुनाई दी, जो किसी खंजर की तरह शौर्य के सीने में उतरी।
"शौर्य तुम पागल तो नहीं हो गए? कुछ भी मत सोचो। हमारे बीच जमीन-आसमान का फर्क है। तुम्हारी सोच, तुम्हारा बैकग्राउंड... सब अलग है। मैंने तुम्हें सिर्फ एक दोस्त की तरह देखा है, और सच कहूँ तो अब वो भी मुश्किल लग रहा है। प्लीज, आज के बाद मुझे न कॉल करना, न टेक्स्ट। मेरी लाइफ में दखल देना बंद करो।"
कॉल कट गया। इस बार फोन के साथ शौर्य के भीतर का वह इंसान भी मर गया जो प्यार पर यकीन करता था।
शौर्य वहीं टीले पर बैठ गया। दूर अलाव के पास उसके दोस्त हंस रहे थे, पर शौर्य को अपना वजूद राख होता महसूस हो रहा था। उसने कभी शराब को हाथ नहीं लगाया था, लेकिन आज का दर्दइतना असहनीय था किवह होश मेंनहीं रहना चाहता था। वह चुपके से कैंप के पीछे गया, जहाँ उसने कुछ स्थानीय लोगों से खरीदी हुई देसी शराब की बोतल छिपाई थी।

एक घूंट... दो घूंट... और फिर पूरी बोतल। वह गिरते-पड़ते अपने टेंट के पीछे अंधेरे में जा बैठा। उसकी आँखों से आंसू नहीं, बल्कि बरसों का विश्वास बह रहा था।
तभी उसके फोन की स्क्रीन फिर से जगी। कुमुद का मैसेज था। कुमुद, जो उसी कैंप में थी, उसे शौर्य की हालत का अंदाजा था। उसने एक 'प्राइवेट फोटो' भेजी थी।
शौर्य ने कांपते हाथों और धुंधली नजरों से फोटो खोली।
वह फोटो किसी हाई-प्रोफाइल पब की थी। बीच में मीनाक्षी खड़ी थी, हाथ में वाइन का गिलास था और एक लंबे, रईस दिखने वाले लड़के ने उसकी कमर में हाथ डाल रखा था। दोनों एक-दूसरे की आँखों में देख रहे थे। वही मीनाक्षी, जिसने तीन दिन तक 'फैमिली प्रॉब्लम' का बहाना बनाकर शौर्य का फोन नहीं उठाया था, आज किसी और की बाहों में नए साल का स्वागत कर रही थी।
शौर्य का फोन उसके हाथ से छूटकर छत्तीसगढ़की लाल मिट्टी में गिर गया। शराब का नशा और इस धोखे की कड़वाहट ने उसे सुन्न कर दिया। उसे समझ आ गया कि वह कभी उसके 'इंतजार' में था ही नहीं, वह तो बस उसके लिए एक वक्त गुजारने का जरिया था।
उस रात छत्तीसगढ़की उन पहाड़ियों ने एक प्रेमी की चीख सुनी, जो बिना आवाज के रो रहा था। शौर्य पूरी तरह टूट चुका था।
छत्तीसगढ़ के जंगलो से घिरा वह राष्ट्रीय सेवा योजना का कैंप शौर्य के लिए एक 'रिचार्ज पॉइंट' बनने वाला था। वह जब ऐसे कैंप से लौटता, उसके चेहरे पर एक अलग ही रौनक होती थी—पहाडी मिट्टी की गंध, मार्च-पास्ट की थकान और अपने भारत के वैभवशाली संस्कृती का गर्व। लेकिन इस बार, जब वह घर लौटा, तो नजारा कुछ और ही था। घर वालो ने देखा कि शौर्य की आँखो में वह चमक नहीं थी, बल्कि एक खामोश उदासी और खुद से ही कोई गहरी नाराजगी थी।

शौर्य ने भारी कदमो से घर की दहलीज पार की। मा को आहट हुई कि शौर्य घर आया है। मां ने अपनी रसोई छोडी और डायनिंग हॉल मै आ गयी।

मां : "मेरा बेटा इतने दिनो बाद सही सलामत घर आ गया!शुक्र है भगवान का। "

उन्होने उसके सर पर हाथ फेरना चाहा, पर शौर्य ने बस सिर झुका दिया।न कोई मुस्कान न घर आने कि ख़ुशी। उसने न मा के हाथ का पसंदीदा हलवा खाया, न ही अपने परिवार जनोसे अच्छेसे बात कि।

"क्या हुआ शौर्य? वहां किसी ने कुछ कहा क्या? तबीयत ठीक है न ?" मा की ममता बेचैन थी।

"सब ठीक है मा, बस बहुत नींद आ रही है," शौर्य ने अपना भारी सैक घसीटा और सीधे अपने कमेर में चला गया। हॉल में बैठे दादाजी ने सब देखा। उनकी उम्र अस्सी के पार थी, पर नजरे आज भी चीते जैसी तेज थीं। उन्होने देखा कि शौर्य का कंधा झुका हुआ था—यह बोझ बैग का नहीं, किसी अहसास का था।

आधी रात बीत चुकी थी। पूरे घर में सन्नाटा था, पर शौर्य के कमरे की खिड़की से चांदणी अंदर झांक रही थी। वह बिस्तर पर पड़ा छत को देख रहा था। उसके दिमाग में एक ही चेहरा घूम रहा था—मीनाक्षी। कैंप के वो दस दिन... सुबह की पीटी के समय दौडते वक़्त भी उसे मीनाक्षी कि हर एक झलक याद आती थी। दोपहर के लेक्चर मै उसे पढाई कि जगह मीनाक्षी कि नजाकत याद आती। शाम के कल्चरल प्रोग्राम में शौर्य को वो सादगी भरा डांस याद आता जो मीनाक्षी कल्चरल रूम मै रोज करती थी। रात को सब सो जाते पर शौर्य के आंखो मै सिर्फ मीनाक्षी कि नजरे थी। शौर्य ये सब सोच हि रहा था तभी दरवाजे पर 'खट-खट' हुई और लकड़ी की लाठी की आवाज आई। दादाजी अंदर आए। उन्होने कोई रोशनी नहीं जलाई, बस शौर्य के बिस्तर के कोने पर बैठ गए। "शौर्य... सोए नहीं?"

दादाजी की आवाज में एक ऐसी गहराई थी जो सीधे रूह को छूती थी। शौर्य उठकर बैठ गया।

शौर्य : "नींद नहीं आ रही दादाजी।"

दादाजी ने एक लंबी सांस ली।

दादाजी : "बेटा, छत्तीसगढ़ के जंगल बहुत घने होते हैं, पर इंसान के मन का जंगल उससे भी ज्यादा घना होता है। तू वहां से कुछ लेकर आया है या कुछ खोकर आया है?"

शौर्य चुप रहा। उसकी मुट्ठी भींच गई।

शौर्य : "दादाजी, मैं खुद से बहुत नाराज हूँ। मुझे अपनी परछाईं से नफरत हो रही है। मैं उसके काबिल नहीं हूँ दादाजी।"

दादाजी ने उसका हाथ थाम लिया।

दादाजी : "क्यो? मेरे शेर को ऐसा क्या लग गया?"

शौर्य की आवाज भर्रा गई।

शौर्य : "वहां कैंप में... वही लडकी, मीनाक्षी। दादाजी, वो इंसान नहीं है, वो जैसे साक्षात पवित्रता है। जब वो बोलती है, तो लगता है जैसे कोई प्रार्थना चल रही हो। और मैं? मैं तोह ना दिखता अच्छा हु नाह मेरी पर्सन्यालिटी खास है । दादाजी, जब मैं उसके पास खड़ा होता था, तो मुझे लगता था कि मैं कोई गंदा दाग हूँ जो एक साफ सफेद चादर को खराब कर देगा।"

शौर्य की आँखो से एक आंसू टपक कर दादाजी के हाथ पर गिरा।

शौर्य : "मैं उससे प्यार करने लगा हूँ, पर ये प्यार मुझे खुशी नहीं दे रहा। ये मुझे आइना दिखा रहा है कि मैं कितना बुरा हूँ। मैं उस पर मरता हूँ, पर उसे छूने की हिम्मत नहीं जुटा पाता क्योकि मुझे लगता है मेरे हाथो से जब मै उसे छु लुंगा तोह वोह मैली हो जायेगी। "

दादाजी मुस्कुराए, पर उनकी मुस्कान में सांत्वना नहीं, बल्कि एक चिंता थी।

दादाजी : "बेटा, ये जो तू खुद से नाराज है न, यही सबसे बड़ा सबूत है कि तू उससे सच्चा प्यार करता है। अगर तू पत्थर होता, तो तू खुद

को गलत नहीं दिखाता। तू सोना है, इसीलिए तुझे अपनी मिट्टी अखर रही है।"

शौर्य ने चौककर देखा।

शौर्य : "मतलब?"

दादाजी : "शौर्य, प्यार का असली मतलब सिर्फ उसे पाना नहीं होता। प्यार का मतलब होता है—खुद को उस लायक बनाना कि जब वो तेरा हाथ थामे, तो उसे फक्र हो। तू नाराज इसलिए है क्योकि तू अब 'पुराना शौर्य' नहीं रहना चाहता। ये नाराजगी ही तुझे बदलेगी।"

दादाजी ने उसे अपनी तरफ खींचा।

दादाजी : "सुन, पुणे की शादी में तूने खरीदारी की थी न? वो स्कार्फ, वो ब्रेसलेट... वो सिर्फ तोहफे नहीं थे, वो तेरे वादे थे। प्यार जरुरी है पर उससे ज्यादा तेरा स्वयं का स्वाभिमान। अब खुद पर काम कर। अपनी रूह को इतना साफ कर कि तेरी सांसो में भी वही चंदन की खुशबू आए जो उसकी बातो में है।"

शौर्य ने अपनी आँखें पोछीं। दादाजी की बातो ने उसके मन के कोहरे को साफ कर दिया था।

शौर्य : "दादाजी, क्या मैं सच में बदल पाऊँगा?"

दादाजी : "तू बदल चुका है शौर्य। बदलाव तो उसी दिन शुरू हो गया था जिस दिन तुझे अपनी गलतियो पर शर्म आई। अब बस उस पर टिके रहना है। जा, कल से कॉलेज जा, पर इस बार कमजोर की तरह नहीं, एक तपस्वी की तरह। अपनी मोहब्बत को अपनी ताकत बना, कमजोरी नहीं।"

शौर्य ने दादाजी के सीने से लगकर एक लंबी सांस ली। उस रात की खामोशी में एक नया शौर्य जन्म ले रहा था। उसकी नाराजगी अब एक मिशन में बदल चुकी थी।

शौर्य (मन हि मन) : "अगली बार जब मैं मीनाक्षी से मिलूगा, तो मैं अपनी नजरो में गिरकर नहीं, बल्कि सिर उठाकर उसके सामने खड़ा होऊँगा। " उसने मन ही मन खुद से वादा किया।

छत्तीसगढ़के कैंप से लौटने के बाद शौर्य वह शौर्य नहीं रहा था जो हर छोटी बात पर मुस्कुराता था। उसकी आँखों की वह चमक गायब हो चुकी थी, जिसकी जगह अब एक ठंडी गहराई ने ले ली थी। शहर पहुँचते ही उसने सबसे पहला काम जो किया, वह था मीनाक्षी को अपनी दुनिया से मिटाना।

उसने बिना एक शब्द कहे मीनाक्षी को व्हाट्सएप, इंस्टाग्राम, फेसबुक और अपने फोन के कॉन्टैक्ट्स से ब्लॉक कर दिया। उसने उन सभी पुरानी चैट को डिलीट कर दिया जिनमें वह उसके एक 'हम्म' का घंटों इंतजार करता था। उसके दोस्तों—पार्थ, अनिरुद्ध और निशू —को लगा कि शौर्य अब 'मूव ऑन' कर चुका है। वह कॉलेज में सबके साथ हंसता, कैंटीन में बैठता, लेकिन उसकी हंसी अब उसके चेहरे तक ही सीमित थी, दिल तक नहीं पहुँचती थी।

सबको यही दिखता कि शौर्य अब आजाद है। वह कॉलेज की हर एक्टिविटी में भाग लेता, पढ़ाई में डूब जाता, और मीनाक्षी का नाम आने पर ऐसे व्यवहार करता जैसे वह किसी अजनबी की बात कर रहे हों। लेकिन सच तो यह था किवह आज भी 'वन-साइड' (एकतरफा) उसी के ख्यालों में कैद था। वह उसे नफरत भी नहीं कर पा रहा था, बस खुद को सजा दे रहा था।

शौर्य को लगा था कि मीनाक्षी को हर जगह से ब्लॉक करके वह जीत गया है। उसे लगा था कि वह अपनी आँखों से उसे ओझल कर देगा, तो उसके दिल का दर्द भी कम हो जाएगा। वह कॉलेज के कॉरिडोर में उसे देखकर भी अनदेखा करता, मानों वह उसके लिए कोई निर्जीव वस्तु हो। वह दोस्तों के बीच हंसता-मुस्कुराता ताकि किसी को उसकी कमजोरी का पता न चले।

लेकिन नियतिको कुछ और ही मंजूर था।

एक सुबह, कॉलेज की कैंटीन में अनिरुद्ध और पार्थ बातें कर रहे थे। शौर्य अपनी किताब में डूबा होने का नाटक कर रहा था, पर उसके कान उन्हीं की ओर थे।

"सुना है, मीनाक्षी अगले हफ्ते शहर छोड़ रही है?" अनिरुद्ध ने धीरे से कहा।
शौर्य के हाथ में पकड़ी पेन वहीं रुक गई।
"हाँ," पार्थने जवाब दिया, "उसका सिलेक्शन विदेश की एक बहुत बड़ी यूनिवर्सिटी में हायर स्टडीज के लिए हो गया है। वह शायद अब कभी वापस न आए।"
शौर्य को लगा जैसे किसी ने उसका गला घोंट दिया हो। वह जिसे अपनी जिंदगी से निकालने की कोशिश कर रहा था, वह अब सच में उसकी भौगोलिक सीमा से भी बाहर जा रही थी।
पूरे हफ्ते शौर्य के भीतर एक युद्ध चलता रहा। एक हिस्सा कहता— "जाकर उसे एक आखिरी बार मिल ले, सब गिले-शिकवे दूर कर ले।" दूसरा हिस्सा, जिसे उसने बड़ी मुश्किल से पत्थर का बनाया था, चीखता— "उसने तेरा अपमान किया है, उसने तुझे किसी और के लिए छोड़ दिया, मत जा!"
मीनाक्षी कॉलेज में अपनी क्लीयरेंस करवा रही थी। वह खुश दिख रही थी, उसकी आँखों में अपने करियर और नए देश को लेकर सपने थे। शौर्य ने उसे दूर से देखा—वही चाल, वही आत्मविश्वास। उसे एहसास हुआ कि मीनाक्षी की दुनिया में शौर्य के होने या न होने से कभी कोई फर्क पड़ा ही नहीं था।
जिस दिन मीनाक्षी की ट्रेन थी, शौर्य ने खुद से वादा किया कि वह नहीं जाएगा। लेकिन प्यार में गिरकर संभले हुए लोग अक्सर सबसे कमजोर साबित होते हैं। वह अपने आप को रोक नहीं पाया।
वह स्टेशन पहुँचा, लेकिन सामने नहीं आया। वह एक भारी खंभे के पीछे छिपकर उसे देखने लगा।
वहाँ नयना और बाकी सहेलियां उसे विदा करने आई थीं। मीनाक्षी बहुत सुंदर लग रही थी, उसने एक सफ़ेद कुर्ती पहनी थी। वह हंस रही थी, सबके साथ सेल्फी ले रही थी। शौर्य ने देखा कि वह बार-बार भीड़में किसी को ढूंढ रही थी। क्या वह शौर्य था? या शायद वह

लड़का जिसके साथ वह ३१ दिसंबर को थी? शौर्य को कभी पता नहीं चला।

जब ट्रेन ने लंबी सीटी बजाई, तो शौर्य के सीने में एक अजीब सी टीस उठी।

"अलविदा, मीनाक्षी..." उसने बुदबुदाते हुए कहा।

उसने देखा कि मीनाक्षी ट्रेन के दरवाजे पर खड़ी होकर हाथ हिला रही थी। जैसे-जैसे ट्रेन प्लेटफॉर्म छोड़ने लगी, शौर्य खंभे के पीछे से बाहर निकला। वह दौड़ना चाहता था, उसे पुकारना चाहता था, पर उसके पैर जैसे ज़मीन में गड़गए थे।

ट्रेन की रफ़्तार बढ़ी और वह आँखों से ओझल हो गई। शौर्य वहीं प्लेटफॉर्मकी बेंच पर बैठ गया। आज उसे असली 'ब्लॉक' होने का मतलब समझ आया। फोन पर ब्लॉक करना तो एक उंगली का काम था, लेकिन जब कोई इंसान आपकी किस्मत और सरहदों से ही ब्लॉक हो जाए, तो वह दर्दला इलाज होता है।

मीनाक्षी के जाने के बाद कॉलेज खाली-खाली लगने लगा। शौर्य ने सबको दिखाया कि उसे कोई फर्क नहीं पड़ा। उसने पढ़ाई मेंजी-जान लगा दी। लेकिन रातों को, जब सब सो जाते, वह चुपके से अपना 'ब्लॉक' लिस्ट खोलता, उसकी डीपी (DP) देखने की कोशिश करता जो उसे दिखती नहीं थी। प्यार का दर्द मिटाने के लिये धीरे धीरे वोह नशा करने लग गया था। उसने खुद को एक गलत शौर्य मे बदलना शुरू कर दिया था।

वह आज भी उससे उतना ही प्यार करता था, लेकिन अब इस प्यार में कोई उम्मीद नहीं थी। यह एक ऐसी इबादत बन चुकी थी जिसका कोई देवता नहीं था। शौर्य ने तय कर लिया कि वह अब किसी और को अपनी जिंदगी में नहीं आने देगा।

सात साल... सात साल का लंबा समय, जिसमें दुनिया बदल गई, तकनीक बदल गई, बेंगलुरु की चकाचौंध और वहां की भागती दौड़ती जिंदगी में शौर्य ने खुद को पूरी तरह बदल लिया था। आज वह एक बड़ी मल्टीनेशनल कंपनी (MNC) में सीनियर प्रोजेक्ट मैनेजर था। सफेद शर्ट, करीने से बने बाल, और चेहरे पर हमेशा एक पेशेवर गंभीरता। उसने अपनी भावनाओंको 'एक्सेल शीट्स' और 'डेडलाइन्स' के नीचे कहीं दफन कर दिया था।

उसके सहकर्मी उसे एक सख्त और काम से काम रखने वाला इंसान मानते थे। किसी को नहीं पता था कि इस सख्त दिखने वाले आदमी के अंदर आज भी एक टूटा हुआ कॉलेज का लड़का रहता है, जो ३१ दिसंबर की उस ठंडी रात को कभी भूल नहीं पाया। उसने इन सात सालोंमें किसी को अपने करीब नहीं आने दिया। कई लड़कियां आईं, पर शौर्य ने अपने दिल के दरवाजे पर 'नो एंट्री' का बोर्ड लगा रखा था।

दूसरी तरफ, मीनाक्षी अपनी उच्च शिक्षा पूरी कर मुंबई के एक उभरते हुए स्टार्टअप में एक ऊंचे पद पर काम कर रही थी। वह वही मीनाक्षी थी—महत्वाकांक्षी, सुंदर और व्यावहारिक। उसके लिए शौर्य अतीत का एक ऐसा धुंधला पन्ना था जिसे वह कभी पलटकर देखना नहीं चाहती थी।

बेंगलुरु की उस आलीशान ऑफिस बिल्डिंग की 22वीं मंज़िल पर खड़ा शौर्य, शहर की भागदौड़ को नीचे रेंगते हुए देख रहा था। उसके हाथ में वाईन का मग था, पर उसका मन कहीं दूर, उन गलियो में भटक रहा था जहा उसने अपनी ज़िंदगी के सबसे खूबसूरत साल

बिताए थे। तभी उसकी मेज़ पर रखा फोन लगातार वाइब्रेट होने लगा। व्हाट्सएप ग्रुप 'द लीजेंड्स' पर जैसे मैसेज का सैलाब आ गया था। अनिरुद्ध ने एक साथ कई वॉयस नोट्स भेजे थे—वही पुरानी कर्कश लेक न अपनेपन से भरी आवाज़।

अनिरुद्ध (वॉयस नोट) : "सुनो ओए! इतने साल का सूखा खत्म होने वाला है। लोनावला के पहाड़ो में 'क्लाउड 9' विला बुक है। अगर इस बार कोई अपनी मीटिंग या क्लाइंट का बहाना लेकर आया, तो याद रखना, मेरा मुक्का आज भी उतना ही भारी है!"

शौर्य ने एक गहरी सास ली और उन दस चेहरो को याद करने लगा जो सात सालो में न जाने कहा से कहा पहुँच गए थे। उसने एक-एक करके सबके प्रोफाइल और उनकी बदलती ज़िंदगि यो के पन्ने पलटने शुरू किए।

अनिरुद्ध, ऊर्जा का सैलाब कॉलेज में जो अनिरुद्ध बात-बात पर कॉलर चढ़ा लेता था और किसी को भी धौल जमाने से नहीं चूकता था, आज वह मुंबई की एक चोटी की एडवरटाइजिंग एजेंसी का मालिक था। उसे 'अनिरुद्ध' इसलिए कहते थे क्योकि उसे कोई रोक नहीं सकता था। शौर्य को याद आया कि कैसे अनिरुद्ध ने कॉलेज के दिनो में अपनी बाइक बेच दी थी ताकि शौर्य के दादाजी के ऑपरेशन के पैसे जमा हो सकें । आज वह करोड़ो का टर्नओवर संभाल रहा था, पर उसकी बातो में आज भी वही पुराना, अल्हड़पन वाला 'अनिरुद्ध' ज़िंदा था।

पार्थ, अटूट परछाईं शौर्य का 'दोस्त' यानी पार्थ, जो कॉलेज में हमेशा शौर्य के पीछे ढाल बनकर खड़ा रहता था, अब बेंगलुरु में ही एक बड़ी टेक कंपनी में वाइस प्रेसिडेंट था। पार्थ की खामोशी आज भी उसकी सबसे बड़ी ताकत थी। वह अनिरुद्ध के स्टार्टअप का सबसे बड़ा निवेशक भी था। सात साल पहले जो पार्थ शौर्य के लिए मार खाता था, आज वह दुनिया भर के बड़े प्रोजेक्ट्स संभाल रहा था।

निशु और कुमुद, ज्ञान और शांति का प्रतिक निशु ने अपनी पीएचडी पूरी कर ली थी और अब वह एक सेंट्रल यूनिवर्सिटी में प्रोफेसर थी। वह आज भी वैसी ही 'मातृत्व' थी—शुद्ध, ज्ञान से भरी और हमेशा सही राह दिखाने वाली। वहीं कुमुद ने अपना एक एनजीओ 'सफेद कमल' शुरू किया था, जो झुग्गी-झोपड़ियो के बच्चो को पढ़ाता था। उसकी सौम्यता सात सालो में और बढ़ गई थी। शौर्य को याद आया कि जब वह फेल होने की कगार पर था, तब इन दोनो ने उसे रात-रात भर पढ़ाया था।

तृप्ति और अवनी, ममत्व की मूरत तृप्ति अब पुणे की एक जानी-मानी सेलिब्रिटी शेफ बन चुकी थी। उसके हाथ के खाने में जो संतोष था, वह आज भी वैसा ही था। अवनी अब एक सफल एचआर डायेरक्टर होने के साथ-साथ दो बच्चो की मा भी थी। सात साल पहले जो लड़किया पूरे ग्रुप का टिफिन संभालती थीं, आज वे हज़ारो लोगो के करियर और पेट का ख्याल रख रही थीं। अवनी आज भी गुरप की 'स्वीय सहायक' थी, जो सबकी निजी उलझनो को सुलझाती थी।

मानिनी और रिद्धि, शक्ति और मुस्कान मतलब मानिनी अब दिल्ली हाई कोर्ट की एक तीखी और निडर वकील थी। उसका आत्मसम्मान और प्रभाव ऐसा था कि बड़े-बड़े मुजरिम उसके सामने आने से कांपते थे। और उसके ठीक विपरीत थी रिद्धि । रिद्धि अब एक ग्लोबल योगा इन्फ्लुएंसर थी। उसकी हंसी आज भी वैसी ही संक्रामक थी। शौर्य को याद आया कि मानिनी ने उसे लड़ना सिखाया था और रिद्धि ने हार में भी मुस्कुराना।

निशांत और विनीत, सुरक्षा की दीवार निशांत अब एक एनकाउंटर स्पेशलिस्ट डीएसपी था। उसकी 'भीम' जैसी शारीरिक शक्ति अब वर्दी के सम्मान में बदल गई थी। वहीं विनीत ने अपने पिता का रियल एस्टेट बिजनेस संभालकर उसे एक साम्राज्य बना दिया था। विनीत

की दहाड़ और निशांत का फौलादी सीना आज भी ग्रुप की सुरक्षा की गारंटी थे।
शौर्य ने अपना फोन टेबल पर रखा। उसने सात सालो में खुद को पूरी तरह तराश लिया था।
उसने अपने दराज से वो नीला पैकेट निकाला। सात साल पुराना वह चोकलेट के कव्हर और एक अंगुठी । यही निशाणी के जरीये शौर्य आज तक जिता आया था । हर जगह हर वक़्त वो उसे साथ रखता था । वह उसे लोनावला ले जाने वाला था, इस उम्मीद में कि शायद रिद्धि से वोह पुछ सके कि अब क्या करू ?
"तैयार हो जाओ दोस्तो," शौर्य ने वॉयस नोट ग्रुप मै डालते हुए अपनी कार की चाबी उठाई। वह नहीं जानता था कि लोनावला में मिलने वाला जश्न उसकी ज़िंदगी का सबसे बड़ा इम्तिहान बनने वाला है।
सह्याद्रि की पहाड़ियो के बीच बसा लोनावला आज कुछ ज्यादा ही हसीन लग रहा था। 'क्लाउड-9' विला के बरामदे में खड़े होकर शौर्य ठंडी हवा के झोको को महसूस कर रहा था।हाथ मै जलती सिगारेट ।
सात साल... एक लंबा वक्त होता है, लेकिन जब पुराने दोस्त साथ हो, तो यह सात सेकंड जैसा लगने लगता है। विला के अंदर से आ रही ठहाको की आवाज़ें गवाही दे रही थीं कि 'द लीजेंड्स' आज फिर से उसी कॉलेज लाइफ को जी रहे हैं। शौर्य ने मुड़कर देखा। हॉल के बीचो-बीच अनिरुद्ध और विनीत एक-दूसरे का कॉलर पकड़े वही पुरानी 'दही हांडी' वाली बहस कर रहे थे।
"अबे विनीत, अगर उस दिन मैंने नीचे से सहारा नहीं दिया होता, तो तू अपनी पाउडर बॉडी के साथ सीधे ज़मीन पर मिलता!" ,अनिरुद्ध अपनी वही चिर-परिचित मस्ती में बोला।
विनीत हँसते हुए बोला, "अबे जा! तुझे तो बस लड़कियो को दिखाने के लिए शर्ट के बटन खोलने की पड़ी थी। सहारा तो मुझे निशांत ने दिया था।"

निशांत जो अब एक कड़क पुलिस ऑफिसर था, अपनी आस्तीनें चढ़ाते हुए बोला, "सही कह रहा है विनीत । और पार्थ ? वो तो भीड़ में अपनी ही धुन में मगन था, जैसे कोई अर्जुन लक्ष्य साध रहा हो।"
पार्थ ने अपनी कॉफी का मग उठाया और शांति से बोला, "मैं लक्ष्य नहीं साध रहा था, मैं तुम पागलो पर नज़र रख रहा था कि कहीं पुलिस न आ जाए।"
तभी तृप्ति और अवनी गरम-गरम पकौड़ो की थाली लेकर आईं। "ये लो! बातें कम करो और ये खाओ। बिल्कुल कॉलेज कैंटीन जैसा स्वाद है," तृप्ति ने प्यार से कहा।
निशु और कुमुद सोफे पर बैठी पुरानी फोटो एल्बम देख रही थीं। "शौर्य, याद है कॉलेज का वो आखिरी साल? जब तूने छत्तीसगढ़ कैंप से लौटने के बाद प्राचार्य से अपना दाखिला लेणे कि बात की थी? हम सब डर गए थे कि तुझे हुआ क्या है।",निशू ने पुछा।
कुमुद मुस्कुराई, "हा, और वो पुणे वाली शादी! आंटी ने बताया था कि शौर्य तो शादी से हि गायब हो गया था। बाद में पता चला कि ये महाशय किसी के लिए नीला स्कार्फ ढूंढ रहे थे।"
शौर्य खामोश रहा। उसने अपनी जैकेट की जेब में हाथ डाला, जहा आज भी वो आखरी निशाणी रखी हुई थी । मानिनी ने अपना चश्मा ठीक करते हुए एक वकील वाले अंदाज़ में कहा, "शौर्य, तुझे याद है जब मैंने तुझे कॉलेज के गेट पर रोका था? तू अपनी नैतिकता से समझौता करने वाला था। आज तुझे देखकर गर्व होता है। तूने सच में खुद को बदल दिया।"
रिद्धि ने खिलखिलाते हुए कहा, "बदला ही नहीं, ये तो पूरा 'व्हिलन' बन गया है! पर तेरी यह सिगरेट, दारू, और तो और... घास-फूस खाने वाला शौर्य सिर्फ नॉन व्हेज खाता है ।यह हमे पसंद नही आता । शौर्य, सच बता, ये सब उस 'मीनाक्षी' के लिए है न?"
हॉल में एक पल के लिए सन्नाटा छा गया। सब जानते थे कि शौर्य का यह कायाकल्प कोई साधारण बदलाव नहीं, बल्कि एक 'नाईसाफी'

थी। क्योकी वोह अपने प्यार के दर्द को मिटाने के लिये खुद को बदल चुका था। अवनी ने विषय को मोड दिया और कॉलेज के प्राध्यापक के बारे मै बाते करने लगे।
लोनावला की उस रात ने वक्त की रफ़्तार को जैसे बेड़ियो में जकड़ लिया था। विला के विशाल लिविंग रूम में बिछे मखमली कालीनो पर ये सारे दोस्त ऐसे बिखरे बैठे थे, जैसे बरसो पहले कॉलेज की कैंटीन के टूटे हुए सोफो पर बैठते थे। बाहर लोनावला की बारिश की आवाज़ थी और अंदर यादो का एक अंतहीन सैलाब। शौर्य ने देखा कि कैसे इन सात सालो ने उनके चेहरो पर लकीरे तो दी थीं, पर उनके रिश्तो की गहराई को और भी पुख्ता कर दिया था। बातो-बातो में वह दौर आया जब सबने एक-दूसरे के संघर्षों और उस दौर की बात की जब कॉलेज खत्म होने के बाद दुनिया उन्हें निगलने को तैयार थी।

अनिरुद्ध ने अपनी व्हिस्की के गिलास को हाथ में घुमाते हुए पार्थ की ओर देखा। उसकी आँखो में एक अजीब सी नमी थी।
अनिरुद्ध : "गाइज़, तुम सबको लगता है कि आज मैं एक बड़ी एड-एजेंसी का मालिक हूँ, पर सच तो ये है कि अगर सात साल पहले पार्थ न होता, तो आज मैं किसी नुक्कड़ पर भीख मांग रहा होता।"
उसने बताया कि कैसे स्टार्टअप के शुरुआती छह महीनो में उसका सारा पैसा डूब गया था। ऑफिस का किराया देने के पैसे नहीं थे और बैंक ने लोन देने से मना कर दिया था। पार्थ, जो उस समय एक स्थिर नौकरी में अपनी पहली बड़ी सेविंग जमा कर रहा था ताकि अपने घर वालो के लिए एक फ्लैट ले सके।
एक रात अनिरुद्ध के पास पहुँचा। पार्थ ने बिना कुछ कहे अपना चेकबुक अनिरुद्ध की टेबल पर रख दिया।
"अबे! ये क्या है?" अनिरुद्ध ने पूछा था। पार्थ का जवाब आज भी ग्रुप के लिए मिसाल था—"ये मेरी जमापुंजी है। फ्लैट फिर बन जाएगा,

पर अगर आज मेरा दोस्त टूट गया, तो मैं खुद को कभी माफ़ नहीं कर पाऊँगा।"

अनिरुद्ध की आवाज़ रुंध गई, "सात साल बीत गए, उस पैसे से एजेंसी तो खड़ी हो गई, पर पार्थ का वो अहसान मैं आज भी अपनी रूह पर महसूस करता हूँ।"

तभी कुमुद ने निशु का हाथ थाम लिया। कुमुद की आँखो में चमक थी।

कुमुद : "तुम सबको पता है निशु को अपनी पहली सरकारी नौकरी की पहली सैलरी से क्या खरीदना था? इसे एक महंगी स्कूटी चाहिए थी।"

निशु मुस्कुराई और अपना सिर झुका लिया। कुमुद ने आगे बताया कि उस समय वह अपना एनजीओ 'सफेद कमल' शुरू ही कर रही थी। उसके पास बच्चो को पढ़ाने के लिए न जगह थी, न साधन। निशु ने अपनी पहली पूरी सैलरी और अपनी कुछ जमापुंजी निकालकर कुमुद के हाथ में रख दी। उसने स्कूटी नहीं ली, बल्कि उन पैसो से एनजीओ के लिए तीन पुराने कंप्यूटर खरीदे ताकि गरीब बच्चे टेक्नोलॉजी सीख सकें । निशु ने बस इतना कहा था, "मेरी पहली सैलरी का हक उन बच्चो पर ज्यादा है जिनके पास सपने देखने की हिम्मत तो है, पर साधन नहीं।"

बात आगे बढ़ी तो तृप्ति ने उस खौफनाक रात का जिक्र किया जब पुणे में उसके छोटे से स्टार्ट-अप रेस्टोरंट में शॉर्ट सर्किट की वजह से आग लग गई थी।

तृप्ती : "रात के तीन बजे थे। दफ्तर वाले पहुँचने में देरी कर रहे थे। मैं सड़क पर खड़ी अपना सपना जलते देख रही थी।"

तभी निशांत, जो उस समय पास के ही एक पुलिस स्टेशन में प्रोबेशनरी ऑफिसर था और एक हाई-प्रोफाइल क्रिमिनल को पकड़ने के ऑपेरशन पर था, को तृप्ति का कॉल मिला। निशांत ने अपने सीनियर से रिस्क लिया, प्रोटोकॉल की परवाह नहीं की और

अपनी टीम के साथ वहां पहुँचा। उसने अपनी वर्दी की परवाह किए बिना आग में कूदकर गैस सिलेंडर्स बाहर निकाले ताकि धमाका न हो।

"उस रात निशांत के हाथ जल गए थे," तृप्ति ने सिसकते हुए कहा।

तृप्ती : "इसने अपनी ड्यूटी और दोस्ती के बीच कोई फर्क नहीं किया। आज मेरा जो रेस्टोरंट चैन है, उसकी नींव में निशांत के जले हुए हाथो का खून और पसीना है।"

शौर्य ये सब सुन रहा था। उसे अहसास हुआ कि ये 'द लीजेंड्स' सिर्फ मस्ती करने वाले दोस्त नहीं थे, ये एक-दूसरे की रीढ़ की हड्डी थे। अवनी ने तृप्ती के सिर पर हाथ फेरा, विनीत ने जोश में एक नारा लगाया - 'द लीजेंड्स , अल्वेस टूगेदर', और मानिनी ने सबको याद दिलाया कि उनका ये बॉन्ड ही उनकी सबसे बड़ी दौलत है। रात गहराती जा रही थी। रिद्धि ने एक पुराना गाना गुनगुनाना शुरू किया। सब खुश थे, सब एक-दूसरे के करीब थे। लेकिन इसी हंसी के बीच, अनिरुद्ध के फोन पर वो एक मैसेज आने वाला था जो शौर्य के सात साल के संयम की नींव हिला देने वाला था।

ये सारे दोस्त सिर्फ क्लासमेट्स नहीं थे, ये एक-दूसरे के वजूद का हिस्सा थे। शौर्य ने सबको गौर से देखा। अनिरुद्ध की वह ऊर्जा , पार्थ का वह अटूट विश्वास, मानिनी का स्वाभिमान और रिद्धि की वह मुस्कान... ये सब मिलकर उसे पूरा करते थे। रात के दो बज रहे थे। विला के बाहर कोहरा घना हो गया था। सबने तय किया कि कल सुबह हम सब फिर से वही पुरानी 'दही हांडी' वाली मस्ती केरेंगे । किसी को अंदाज़ा नहीं था कि कुछ ही मिनटो में तुफान लाने वाला वो मैसेज आने वाला है, जो इस रीयूनियन की दिशा ही बदल देगा। शौर्य ने खिड़की के बाहर देखा। उसे लगा जैसे हवाओं में मीनाक्षी की खुशबू है। उसने मन ही मन सोचा—सात साल बीत गए मीनाक्षी, मैं अब वही इंसान हूँ जो तुमने चाहा था। क्या तुम मिलोगी मुझे कभी ?

लोनावला की उस सर्द रात में यादो का चूल्हा अभी दहक ही रहा था। सब पुराने किस्सो के नशे में चूर थे। तृप्ति के बनाए पकौड़ो की खुशबू और निशांत के बहादुरी के किस्सो ने माहौल को इतना भावुक कर दिया था कि किसी को समय का अंदाज़ा ही नहीं रहा। शौर्य एक कोने में बैठा अपने दोस्तो को देख रहा था—वही दोस्त जो उसके सात साल के एकांत और उसके रूपांतरण के मूक गवाह थे। तभी, बीच टेबल पर रखे अनिरुद्ध के फोन की स्क्रीन अचानक जल उठी। एक लंबी और तीखी 'बीप' हुई, जिसने खिलखिलाहटो के बीच एक दरार डाल दी। अनिरुद्ध ने हँसते हुए फोन उठाया, "लो भाई, किसी और अभागे का बुलावा आया है शायद। शादी का सीज़न है न!" लेकिन जैसे ही उसने मैसेज खोला, उसके चेहरे की हँसी ऐसी गायब हुई जैसे किसी ने जलते दीये पर बर्फ रख दी हो। उसके हाथ काच के गिलास की तरह कापने लगे और आँखो में एक अजीब सा खौफ तैर गया।

"क्या हुआ अनु? क्लाइंट ने पंगा किया क्या या फिर भाभी का फरमान आया है?" पार्थ ने उसकी हालत देखकर हल्के अंदाज़ में पूछा।

अनिरुद्ध ने कुछ नहीं कहा, बस फोन को कापते हाथो से टेबल के बीचो-बीच खिसका दिया। स्क्रीन पर एक डिजिटल वेडिंग कार्ड अपनी पूरी चमक के साथ मौजूद था। सुनहेर और लाल अक्षरो में लिखा था:

"मीनाक्षी संग वरुण"

तारीख: 14 फरवरी

स्थान: भव्य रेजिडेंसी, पुणे

कार्ड के नीचे एक छोटा सा व्यक्तिगत मैसेज था, जो सीधे दिलपर वार कर रहा था—

"अनिरुद्ध, तुम सबको आना है। सात साल पहले जो वादा किया था, वो आज भी मेरी डायरी में दर्ज है। पूरा ग्रुप नहीं आया तो मैं फेरे नहीं

लूंगी।मुझे पता है तुम सब लोणावला मै हो। इसलिये अभी मेसेज किया। अर्जसिं मै तय हुई शादी। इंतज़ार रहेगा।"
पूरे हॉल में ऐसा सन्नाटा छा गया कि बाहर गिरती बारिश की बूंदें भी किसी बड़े धमाके जैसी लगने लगीं। सबका ध्यान धीरे से, डरते-डरते शौर्य की तरफ मुड़ा। वह पत्थर की मूरत बना बैठा था। सात साल... सात साल का वो कठोर अनुशासन, वो सिगरेट-शराब से नफरत,अपने काम मै एकाग्रता , वो पूरी तरह से अपनाया गया शाकाहारी जीवन—सब कुछ एक ही पल में उस डिजिटल कार्ड के सामने बेमानी हो गया था। शौर्य ने धीरे से अपना मग टेबल पर रखा। उसकी उंगलिया सफेद पड़ गई थीं।
"शौर्य..." कुमुद की आवाज़ में एक ऐसी चीख थी जो बाहर नहीं आ पा रही थी।
"ये कैसे हो सकता है?" रिद्धि की आँखो से आंसू बहने लगे।
रिद्धी : "सात साल तक उसका कोई पता नहीं चला, कोई खबर नहीं मिली, और आज जब हम सब साथ हैं, तो सीधे ये खबर? क्या उसे अंदाज़ा भी है कि तूने उसके लिए खुद को कितना जलाया है?"
विनीत जोश में खड़ा हो गया, उसने अपनी मुट्ठी टेबल पर दे मारी, "हम जाएँगे! शौर्य, तू डर मत भाई। हम सब पुणे चलेंगे। वरुण हो या कोई और, उसे पता चलना चाहिए कि तूने सात साल तक उसके एक-एक शब्द को अपनी ज़िंदगी का कानून कैसे बनाया। हम उसे तेरी तपस्या के बारे में बताएँगे! हम उससे पूछेंगे कि क्या वरुण ने भी उसके लिए कभी अपनी एक आदत बदली है?"
"हा!" मानिनी ने अपनी कड़क वकील वाली आवाज़ में कहा।
मानिनी : "प्यार पर हक उसका होता है जो उसे जीता है, सिर्फ उसे जो उसे देखता है। तूने प्यार को इबादत बनाया है शौर्य। हम वहा खड़े होकर जवाब मांगेंगे।"
शौर्य ने अपनी नज़रें उठाईं। उसकी आँखो में कोई गुस्सा नहीं था, न ही कोई बदले की भावना। वहां सिर्फ एक असीम गहराई और एक

शांत समंदर था। उसने एक बहुत ही फीकी और दर्दनाक मुस्कान के साथ कहा,

"नहीं... वो खुश है, और यही तो मेरी सात साल की प्रार्थना थी। उसे वरुण पसंद है, तो वरुण ही सही। मेरी जीत उसे पाने में नहीं, उसके द्वारा चाहे गए 'इंसान' को खुद के अंदर जीवित रखने में थी।"

उस रात लोनावला के उस आलीशान विला में कोई नहीं सोया। सबने अपनी-अपनी जगह पर बैठकर सिसकिया भरीं। अनिरुद्ध और निशांत योजना बनाने लगे कि वे शादी के मंडप में शौर्य की गरिमा को कैसे बनाए रखेंगे। सबको पूरा विश्वास था कि शौर्य उनके साथ पुणे चलेगा। लेकिन शौर्य के अंदर एक प्रलय चल रहा था। रात के करीब तीन बजे, जब भावनाओं के थपेड़ो से थककर सब अपनी-अपनी जगह ऊँघने लगे, शौर्य खामोशी से उठा। उसने अपनी खिड़की से बाहर देखा—पुणे की वही दिशा जहा सात साल पहले उसने 'शॉपिंग -काण्ड' और 'शादी मिस' करके उसके लिए स्कार्फ खरीदा था। उसने एक कोने में रखी छोटी मेज़ पर कागज़ और कलम उठाई। उसके हाथ काप रहे थे, पर उसका इरादा उस पहाड़ की तरह अटल था जिस पर वह विला बना था। उसने एक मोटा सफेद लिफाफा तैयार किया। इसके अंदर उसने बहुत सहेजकर वो अंगुठी रखी जिसकी चमक आज भी वैसी ही ताज़ा थी जैसे सात साल पहले थी। साथ में उसने वो चोकलेट का कव्हर रखा जिस पर दोनो का नाम बना था । और वोह खत जो उसने पुरे भाव से मीनाक्षी के लिये लिखा था।

अंत में उसने एक छोटा सा नोट लिखा: "अनु, पार्थ और मेरे जिगर के टुकड़ो... मुझे कायर मत समझना, बस मुझमें इतनी हिम्मत नहीं है कि मैं अपनी रूह को किसी और का होते हुए अपनी इन आँखो से देख सकू जिन्हे मैंने सात साल तक सिर्फ उसकी यादो से रोशन रखा है। ये लिफाफा उसे विदाई के वक्त देना। उसे कहना कि शौर्य ने अपनी 'शर्त' और अपनी 'तपस्या' पूरी की। आज मेरी सासो में धुएं

की गंध नहीं है, और न ही मेरे चरित्र पर कोई दाग। मैंने खुद को उसके काबिल बनाया, पर शायद नियति को मेरा उसके पास होना मंज़ूर नहीं था। तुम सब शादी में जाना, उसे मेरी तरफ से आशीर्वाद देना, पर उससे ये मत कहना कि मैं टूट गया हूँ। उसे कहना कि मैं खुश हूँ कि मैं बदल गया।"

शौर्य ने वो लिफाफा अनिरुद्ध के सिरहाने रखा। उसने एक आख़िरी बार अपने सोते हुए दोस्तो को देखा—वो दोस्त जिन्होने उसे बिखरने से बचाया था। उसने दबे पाव विला का दरवाज़ा खोला। लोनावला की पहाड़ियो पर कोहरा इतना घना था कि जैसे आसमान ज़मीन पर उतर आया हो। शौर्य ने अपनी गाड़ी स्टार्ट की। इंजन की आवाज़ रात के सन्नाटे को चीर गई, पर किसी की नींद नहीं खुली। उसने पीछे मुड़कर नहीं देखा। वह सीधे एक्सप्रेस-वे पर चढ़ गया—बेंगलुरु की ओर, अपने एकांत की ओर।

सुबह जब सूरज की पहली किरण ने विला को छुआ और अनिरुद्ध की आँख खुली, तो उसे वह लिफाफा मिला। उसने सबको हॉल में इकट्ठा किया और कापती आवाज़ में वह पत्र पढ़ा। विला की दीवारो ने शायद पहली बार इतनी भारी खामोशी महसूस की थी। पार्थ ने बस खिड़की के बाहर देखते हुए इतना कहा, "वो हारा नहीं है भाई, उसने अपनी मोहब्बत को आज़ाद कर दिया है। वो सच्चा 'लीजेंड' है।"

पूरा ग्रुप —अनिरुद्ध, पार्थ, निशु, कुमुद, तृप्ति, अवनी, मानिनी, रिद्धि , निशांत और विनीत—पुणे की उस शादी की ओर बढ़ चले, पर उस काफिले में एक ऐसी कमी थी जिसे दुनिया का कोई भी जश्न नहीं भर सकता था। शौर्य बेंगलुरु की सड़को पर था, और उसका दिल पुणे के उस मंडप में, जहा उसकी सात साल की साधना का विसर्जन होने वाला था।

घर आणे के बाद शौर्य ने अपनी अलमारी के सबसे निचले दराज से एक पुरानी डायरी निकाली। उसमें वही डी-मार्टका बिल था, वही

कैंप की कुछ धुंधली तस्वीरें थीं, और वो ३१ दिसंबर वाली रात की कड़वाहट।

इन चार यादोंमें शौर्य के प्रेम की पूरी यात्रा सिमटी हुई है—उम्मीद से लेकर अपमान तक। शौर्य जब अपनी बालकनी में खड़ा शादी का कार्ड देख रहा था, तो ये चार लम्हे उसके दिमाग में किसी फिल्म की तरह घूमने लगे। वो पहली बार उसे दही-हांडी में नाचते हुए देखना। शौर्य को याद आया वो शोर, वो ढोल-ताशोंकी गूँज और गुलाल से भरा आसमान। कॉलेज का पहला बड़ा उत्सव। भीड़ के बीच जब उसकी नजर मीनाक्षी पर पड़ी, तो उसे लगा जैसे वक्त थम गया है। नौवारी साड़ी में लिपटी, पसीने की बूंदों और मुस्कुराहट के साथ जब वह ताल से ताल मिलाकर नाच रही थी, तो शौर्य को लगा कि उसने दुनिया की सबसे खूबसूरत चीज देख ली है। उस दिन शौर्य ने प्यार नहीं किया था, उसने मीनाक्षी को अपनी 'दुनिया' मान लिया था। वह एक ऐसा पल था जब सब कुछ पवित्र और संभव लगता था। शौर्य की आँखोंमें वो धुंधली रातें तैर गईं। जहाँ बाकी दोस्त कैंप फायर के पास नाचते-गाते थे, शौर्य पागलोंकी तरह मोबाइल को हवा में लहराते हुए किसी ऊंचे पत्थर या पेड़ के पास खड़ा रहता था। सिर्फ इसलिए कि मीनाक्षी का एक 'ओके' या 'हम्म' देख सके। उसे याद आया कि कैसे वह मीनाक्षी के लिए लंबी-लंबी कविताएँ लिखता और सिग्नल आते ही उन्हें भेजने के लिए छटपटाता था। वह तड़प प्रेम की पराकाष्ठा थी—जहाँ एक इंसान दूसरे की उपेक्षा को भी उसका 'बिजी होना' समझकर माफ कर देता है। उन जंगलोंका सन्नाटा शौर्य के एकतरफा इंतजार का गवाह था।

३१ दिसंबर की वो रात शौर्य की जिंदगी का सबसे काला अध्याय थी। उसे याद आया कि कैसे उसने अपना सारा आत्म-सम्मान किनारे रखकर उसे कॉल किया था, और बदले में उसे मिली थी—बर्फीली बेरुखी। लेकिन उससे भी ज्यादा दर्दनाक थी कुमुद द्वारा भेजी गई वो फोटो। जिस वक्त शौर्य उसके गम में शराब पी रहा था, उसी वक्त

मीनाक्षी किसी और की बाहोंमें हाथ डाले मुस्कुरा रही थी। वह फोटो शौर्य के सीने में किसी खंजर की तरह गड़गई थी। उस रात उसे समझ आया कि'वफादारी' और 'प्यार' केवल उसकी तरफ से थे, मीनाक्षी के लिए वह महज एक विकल्प था।
उसे याद आया कि कैसे मीनाक्षी ने फोन पर बड़ी बेरहमी से उसकी हैसियत और उसकी औकात उसे याद दिलाई थी। "जमीन-आसमान का फर्क"—यह सिर्फ एक वाक्य नहीं था, बल्कि शौर्य की भावनाओंका सार्वजनिक अपमान था। मीनाक्षी ने यह साफ कर दिया था कि शौर्य उसके 'स्टैंडर्ड' का नहीं है। इन शब्दोंने शौर्य को इतना तोड़ा कि उसने खुद को एक बंद कमरे में कैद कर लिया। आज सात साल बाद भी, जब वह बेंगलुरु की ऊंची इमारत में खड़ा है, ये शब्द उसके कान में गूँजते हैं और उसे याद दिलाते हैं कि वह चाहे कितना भी सफल क्योंन हो जाए, उस लड़की की नजर में वह हमेशा 'कमतर' ही रहा।
शौर्य का दिल फिर से टूटकर बिखरने लगा। उसे लगा कि वह आज भी वहीं खड़ा है, उसी रेलवे स्टेशन पर, जहाँ उसने मीनाक्षी को विदा किया था। वह सफल था, उसके पास पैसा था, रुतबा था, लेकिन उसके अंदर का वो खालीपन आज और भी गहरा हो गया था।
मीनाक्षी की शादी का कार्डव्हाट्सएप पर आ चुका था। सफेद और सुनहरे रंगोंवाला कार्ड, जिस पर बड़े अक्षरोंमें लिखा था: "मीनाक्षी वेड्स वरुण"। वरुण—शायद वही लड़का जिसके साथ वह उस रात थी, या कोई और रईस बिजनेसमैन।
पूरी रात शौर्य सो नहीं पाया। उसे लगा कि अगर वह नहीं गया, तो वह अपनी हार मान लेगा। और अगर गया, तो क्या वह उसे किसी और का होते हुए देख पाएगा?
पार्थ और कुमुद के लगातार कॉल्स आ रहे थे। "शौर्य तू हमारे ग्रुप की जान है। तेरे बिना यह 'रीयूनियन' अधूरा है। प्लीज, अपने अतीत के लिए नहीं, हमारे लिए आ।"

शादी के संगीत समारोह के बीच, रिसॉर्ट के एक शांत पूल-साइड बार में सृष्टि, अनिरुद्ध, पार्थ, और कुमुद जमा हुए थे। सबके हाथो में ड्रिंक्स थे, पर मन में भारीपन।

पार्थ: "देख रहे हो तुम लोग? सात साल बाद भी इस लड़की का रुतबा कम नहीं हुआ। अयान से रिश्ता टूटा, तो अब वरुण जैसा 'बड़ा शिकार' फँसा लिया। मीनाक्षी कभी नहीं हारती।"

कुमुद: (दुखी होकर) "हारती तो वह तब न पार्थ, जब उसके पास दिल हो। हारता तो हमारा शौर्य है। सात साल हो गए, आज भी वह जब अकेला होता है, तो उसकी आँखो में वही शून्य दिखता है। उसने अपनी पूरी जवानी उस पत्थर की मूरत को तराशने में बिता दी।"

सृष्टि : (सख्ती से) "नहीं कुमुद,शौर्य हारा नहीं है। उसने खुद को गढ़ा है। आज वह शहर का सबसे बड़ा इन्वेस्टर है। लेकिन दुख इस बात का है कि उसने उस लड़की के लिए अपने दोस्तो को ठुकरा दिया था। याद है वो गणेश उत्सव का झगड़ा? शौर्य ने मुझसे बात करना बंद कर दिया था क्योकि मैंने मीनाक्षी को 'स्वार्थी ' कहा था।"

अनिरुद्ध: "मुझे तो आज भी वो फेयरवेल की रात याद आती है। जब उस लड़की ने शौर्य को स्टेज पर बुलाकर वो 'स्प्रिंग डॉल' वाला प्रैंक किया था। पूरा कॉलेज हँस रहा था, और शौर्य ... वो बेचारा उस फटे हुए जोकर को लेकर ऐसे खड़ा था जैसे उसका अपना दिल बाहर निकल आया हो। मैंने उस रात मीनाक्षी के चेहए पर जो 'क्रूर हंसी' देखी थी, उसे मैं कभी नहीं भूल सकता।"

पार्थ: "और वो पुणे वाला ब्रेसलेट? शौर्य ने मुझे बताया था कि उसने तुलसी बाग पर तीन घंटे घूमकर वो ब्रेसलेट लिया था। मीनाक्षी ने उसे कभी पहनने का मौका नहीं दिया, बस अपना 'लकी चार्म' कहकर उसे कैद कर लिया। आज वो वरुण के हीरो में डूबी है, क्या उसे वो चांदी याद होगी?"

तभी मीनाक्षी अपने होने वाले पति वरुण के साथ उस ओर से गुजरी। उसने सिल्क का एक बेहद महंगा वनपीस पहना था। उसने अपने पुराने ग्रुप को देखा और एक कृत्रिम मुस्कान के साथ पास आई।

मीनाक्षी: "हाय गाइस! तुम सब यहा कोने में क्या कर रहे हो? डांस फ्लोर खाली है। और... शौर्य नहीं आया? मैंने उसे इन्वाइट भेजा था।"

सृष्टि : (सीधे मीनाक्षी की आँखो में देखते हुए) "शौर्य अब उन जगहो पर नहीं जाता जहा 'दिखावा' असलियत से बड़ा हो, मीनाक्षी। वह अब बहुत व्यस्त रहता है... उन घावो को भरने में जो सात साल पहले उसको दिए गये थे।"

मीनाक्षी का चेहरा एक पल के लिए सफेद पड़ गया, पर उसने तुरंत खुद को संभाल लिया।

मीनाक्षी : "ओह! वह अभी भी पुरानी बातो को लेकर बैठा है? उसे कहना कि लाइफ आगे बढ़ गई है। देखो, मैं वरुण के साथ कितनी खुश हूँ।"

अनिरुद्ध : (हंसते हुए) "खुश? या सुरक्षित? वरुण का बैंक बैलेंस तुम्हारे लिए खुशी की नई परिभाषा है, मीनाक्षी। पर याद रखना, शौर्य ने तुम्हें वो दिया था जो वरुण कभी नहीं दे पाएगा—अपनी रूह। खैर, तुम्हें रूह की कीमत कहा पता?"

मीनाक्षी बिना कुछ कहे वरुण के पास चली गयी। उसके जाने के बाद सन्नाटा छा गया।

फेरो से ठीक एक घंटा पहले, अनिरुद्ध मीनाक्षी के कमरे में पहुँचा। वह सजी-धजी बैठी थी, पर उसकी आँखो में एक अजीब सी बेचैनी थी।

अनिरुद्ध: "शौर्य नहीं आया, मीनाक्षी। उसने कहा कि वह उस ख़ुशी का हिस्सा नहीं बनना चाहता, जो उसकी वजह से खराब हो सकती है। पर उसने यह तुम्हारे लिए भेजा है।"

अनिरुद्ध ने वह सफेद लिफाफा उसे थमाया। उसे देकर अनिरुद्ध वहा से निकाल गया । शादी कि जल्दी थी। तोह मीनाक्षी ने उस लिफाफे को देखा। एक पल के लिए उसे लगा कि वह शौर्य को कॉल करे , पर तभी उसे पिताजी और वरुण की आवाज़ें याद आईं। उसने एक गहरी सांस ली और अपना चेहरा सख्त कर लिया। उसने कमरे की एक पुरानी दराज खोली। उसमें फालतू कागज, पुराने टिश्यू और कुछ रद्दी पड़ी थी। उसने उस कीमती लिफाफे को उस दराज के सबसे पिछले, अंधेरे कोने में धकेल दिया। उसने उसे सँभालने की कोशिश भी नहीं की। दराज को एक झटके से बंद कर दिया—जैसे उसने अपनी ज़िंदगी के आखिरी 'सच्चे' हि स्से को हमेशा के लिए दफन कर दिया हो।

शादी संपन्न हुई। जब मीनाक्षी विदा हो रही थी, तो उसके दोस्तो ने एक-दूसरे का हाथ पकड़ा।

सृष्टि : "आज से मीनाक्षी हमारे लिए मर चुकी है। शौर्य को वापस जाकर यह बताना होगा कि उसका त्याग सफल हुआ... क्योकि उस लड़की ने साबित कर दिया कि वह कभी उसके लायक नहीं थी।"

अथर्व: "चलो, अब शौर्य की नई ज़िंदगी का जश्न मनाते हैं। उस इंसान के लिए, जिसने प्यार करना नहीं छोड़ा, बस एक गलत इंसान को चुन लिया था।"

वे सब रिसॉर्ट से बाहर निकल गए। दूर क्षितिज पर आतिशबाजी हो रही थी, पर उनके दिलो में एक शांति थी। शौर्य का फरिश्ता अब आज़ाद था ।

शादी की रस्में पूरी हो चुकी थीं। मेहमान विदा हो चुके थे। मीनाक्षी अपने कमरे की बालकनी में खड़ी थी, तभी उसे ऊपर की छत से कुछ खड़खड़ाने की आवाज आई। उसे लगा शायद कोई वेटर या स्टाफ का बंदा काम कर रहा होगा। वह जिज्ञासावश और ताजी हवा के बहाने सीढ़ियोंसे छत पर चली गई।

छत के एक कोने में, अंधेरे की ओट में, एक साया बैठा था। पास जाकर देखा तो मीनाक्षी के पैरोंतले ज़मीन खिसक गई।

"शौर्य तुम? तुम तो शहर से बाहर गए थे?"

शौर्य वहाँ बैठा था, उसके पास शराब की कोई बोतल नहीं थी, न ही कोई हंगामा। वह बस चुपचाप शहर की लाइटोंको देख रहा था। उसे यहाँ देखकर मीनाक्षी भावुक नहीं हुई, बल्कि उसके चेहरे पर झुंझलाहट आ गई।

"तुम यहाँ क्या कर रहे हो शौर्य यह सब क्या ड्रामा है? तुमने तो कहा था तुम नहीं आओगे," मीनाक्षी की आवाज में कोई कोमलता नहीं थी।

शौर्य धीरे से मुस्कुराया। "मैं सच में नहीं आने वाला था। पर मुझे लगा कि जिस कहानी की शुरुआत मैंने तुम्हें देखकर की थी, उसका अंत भी तुम्हें देख कर ही होना चाहिए। मैं नीचे नहीं आ सका, वरुण के सामने नहीं खड़ा हो सका... पर मैं खुद को रोक भी नहीं सका।"

मीनाक्षी ने ठंडे स्वर में कहा, "देखो शौर्य मैंने उस दिन भी कहा था और आज फिर कह रही हूँ। हम दोनोंकी दुनिया अलग है। मुझे तुम्हारी इन हरकतोंसे अब कोई फर्कनहीं पड़ता। तुम यहाँ आकर क्या साबित करना चाहते हो? मैं अब शादीशुदा हूँ।"

शौर्य उसकी कड़वाहट सुनकर भी विचलित नहीं हुआ। उसने अपनी जेब से एक छोटी सी पुरानी तस्वीर निकाली—वही दही-हांडी वाली—और उसे वहीं मुंडेर पर रख दिया।

"साबित कुछ नहीं करना मीनाक्षी। तुम्हें मुझसे लेना-देना नहीं है, यह मैं सात साल पहले समझ गया था। पर मुझे तुमसे लेना-देना हमेशा रहेगा। यह मेरा 'एकतरफा' प्यार है, और इस पर सिर्फ मेरा हक है। मैं बस यह देखने आया था कि तुम खुश लग रही हो या नहीं। तुम खुश हो, मेरे लिए इतना काफी है।"

जब शौर्य ने कहा, "मैं बस यह देखने आया था कि तुम खुश हो या नहीं," तो मीनाक्षी को अचानक कॉलेज के वो गलियारे याद आने

लगे। उसे याद आया वो दिन जब वह शौर्य से पहली बार मिली थी। उसे याद आई शौर्य की वो मासूमियत, जो उसकी हर छोटी जरूरत का ख्याल रखती थी।

उसे याद आया कि कैसे छत्तीसगढ़ कैंप के दौरान, जब उसे तेज बुखार था, तब शौर्य ने पूरी रात कैंप के बाहर बैठकर उसकी सलामती की दुआ की थी। उसे याद आया वो वड़ा-पाव, जिसे शौर्य ने बड़े चाव से उसके साथ साझा किया था। मीनाक्षी के दिमाग में वो सारी बातें गूँजने लगीं जिन्हें उसने 'बचपना' कहकर ठुकरा दिया था। मीनाक्षी की आँखोंमें नमी थी, पर उसकी आवाज अभी भी सख्त थी। उसने शौर्य की ओर देखा और कहा:

मीनाक्षी: "क्यों आए हो यहाँ? क्या तुम्हें समझ नहीं आता कि तुम्हारी यह मौजूदगी मेरे लिए कितनी बड़ी मुश्किल खड़ी कर सकती है? सात साल पहले जो खत्म हो गया था, उसे आज फिर से कुरेदने की क्या जरूरत थी?"

शौर्य (धीमी आवाज में) "खत्म तो वह तुम्हारे लिए हुआ था मीनाक्षी। मेरे लिए तो वह एक ठहराव था। मैं यहाँ मुश्किल खड़ी करने नहीं, बल्कि अपने मन की उस आखिरी गाँठ को खोलने आया हूँ जो मुझे आगे बढ़ने नहीं दे रही थी।"

मीनाक्षी: "कैसी गाँठ? मैंने तो साफ कह दिया था कि हम अलग हैं। हमारे बीच का वो 'डिफरेंस' कभी खत्म नहीं हो सकता था। वरुण मुझे वो सब दे सकता है जो शायद तुम कभी नहीं दे पाते—एक स्टेटस, एक सुरक्षा।"

शौर्य "सुरक्षा तो मैंने भी दी थी मीनाक्षी, बस उसमें 'स्टेटस' की चमक नहीं थी। याद है वो रात जब तुम डी-मार्टसे निकल रही थी और बारिश हो रही थी? मेरे पास छाता नहीं था, पर मैंने अपनी जैकेट तुम्हारे सिर पर रख दी थी ताकि तुम न भीगो। मैं खुद पूरी तरह भीग गया था, पर तुम्हें एक बूंद भी नहीं छूने दी थी।"

मीनाक्षी का दिल उस याद से कांप उठा। उसे वो बारिश, वो भीगी हुई जैकेट और शौर्य की वो फिक्रमंद आँखें सब याद आ गईं।

मीनाक्षी: "हाँ, याद है। पर शौर्य सिर्फ प्यार से पेट नहीं भरता। जिंदगी गुजारने के लिए और भी बहुत कुछ चाहिए होता है। तुमने मुझे उन ३१ दिसंबर की रातोंमें कॉल किया, रोए... पर क्या तुमने कभी सोचा कि मुझे क्या चाहिए था? मुझे एक ऐसा इंसान चाहिए था जो मेरी महत्वाकांक्षाओं को समझ सके।"

शौर्य "मैं तुम्हारी हर बात समझता था मीनाक्षी। यहाँ तक कि तुम्हारा वो 'हम्म' भी, जिसमें छिपा हुआ दर्द या नाराजगी मैं पहचान लेता था। तुमने मुझे ब्लॉक किया, मैंने मान लिया। तुमने कहा कि 'कॉल मत करना', मैंने नहीं किया। पर क्या उन सात सालोंमें एक बार भी तुम्हें मेरी याद नहीं आई? क्या कभी उस पुरानी फोटो को देखकर तुम्हारा दिल नहीं धड़का?"

मीनाक्षी खामोश हो गई। सच तो यह था कि कई बार, पेरिस की सड़कोंपर या मुंबई की भाग दौड़में, उसे शौर्य की वो निस्वार्थ हंसी याद आती थी। उसे याद आता था कि कैसे शौर्य उसके एक छोटे से सिरदर्दपर पूरी दुनिया सिर पर उठा लेता था। वरुण उसे प्यार करता था, पर वरुण के प्यार में एक 'कंडीशन' थी, जबकि शौर्य का प्यार 'कंडीशनलेस' था।

मीनाक्षी: "याद आने से कुछ नहीं बदलता शौर्य। अब मैं किसी और की पत्नी हूँ। यह सिंदूर, यह मंगलसूत्र... यह अब मेरी हकीकत है। तुम्हारा प्यार अब मेरे लिए सिर्फ एक याद है।"

शौर्य "याद मत बनाओ उसे मीनाक्षी। उसे बस एक कोना दे दो, जहाँ वह शांतिसे पड़ा रहे। मैं जा रहा हूँ। यह आखिरी बार है जब तुम मुझे देख रही हो। अब कोई शौर्य तुम्हें कभी नहीं ढूंढेगा।"

शौर्य खड़ा हुआ और उसने आखिरी बार मीनाक्षी की आँखोंमें देखा। उन आँखोंमें उसके लिए कोई जगह नहीं थी, पर शौर्य की आँखोंमें उसके लिए पूरी कायनात थी।

"अब मैं जा रहा हूँ। अब कभी कोई कॉल, कोई टेक्स्ट या कोई साया तुम्हें परेशान नहीं करेगा। आज शौर्य सच में 'ब्लॉक' हो गया।"
मीनाक्षी की आँखोंमें आंसू थे और जुबान पर कड़वाहट, लेकिन उसका दिल उन पुरानी यादोंके बोझ तले दबा जा रहा था। वह शौर्य को जवाब देना ही चाहती थी कितभी नीचे से भारी कदमोंकी आवाज आई।
"मीनाक्षी! तुम ऊपर क्या कर रही हो?" वरुण की आवाज गूंजी।
मीनाक्षी हड़बड़ा गई। उसने जल्दी से अपने आंसू पोंछे और अपनी साड़ी को संभाला। शौर्य वहीं अंधेरे के साये में पत्थर की मूरत बना खड़ा रहा। उसकी आँखोंमें कोई डर नहीं था, बस एक अजीब सी शांति थी।
"मीनाक्षी, नीचे आओ! तुम्हारे दोस्त का कोई अर्जेंट कॉल है, शायद तुम्हारी फ्रेंड की तबीयत खराब है। जल्दी आओ!" वरुण नीचे वाली सीढ़ी से चिल्लाया।
मीनाक्षी ने शौर्य की ओर एक आखिरी बेबस नजर डाली। उसकी आँखोंमें एक अनकही गुजारिश थी— 'यहीं रुकना, भागना मत।' वह बिना कुछ कहे तेजी से नीचे की ओर दौड़ गई
मीनाक्षी छत से नीचे आई ही थी कि उसका फोन फिर से बज उठा। अनिरुद्ध का कॉल था। मीनाक्षी को लगा अनिरुद्ध शौर्य के बारे में ही कुछ कहेगा—शायद यह कि वह स्टेशन पहुँच गया है या उसने कोई हंगामा किया है।
"हेलो, अनिरुद्ध? क्या हुआ? तुम इतना क्यों हाफ रहे हो?" मीनाक्षी ने सामान्य स्वर में पूछा।
दूसरी तरफ से कोई आवाज नहीं आई, बस सिसकियोंऔर दहाड़ मारकर रोने की आवाजें आ रही थीं। मीनाक्षी का दिल बैठ गया।
"अनिरुद्ध! बोलो, क्या हुआ?"

"मीनाक्षी..." अनिरुद्ध की आवाज कांप रही थी, जैसे शब्द उसके गले में फंस रहे हों। "शौर्य .. शौर्य अब नहीं रहा। उसने... उसने ४ घंटे पहले अपने बेंगलुरु वाले फ्लैट में सुसाइड कर लिया है।"

मीनाक्षी के हाथ से फोन छूटकर कालीन पर गिर गया। उसके कानोंमें जैसे हजारों सायरन एक साथ बजने लगे। उसे लगा जैसे आसपास की दीवारें उसकी ओर झुक रही हैं। वह वहीं बिस्तर के कोने पर बेजान होकर बैठ गई।

"मीनाक्षी? तुम सुन रही हो?" फोन से अनिरुद्ध की आवाज अभी भी आ रही थी।

"पुलिस को एक सुसाइड नोट मिला है। उसमें उसने लिखा है कि वह 'वर्किंग प्रेशर' हैंडल नहीं कर पा रहा था। वह बहुत तनाव में था... मीनाक्षी, हमें पता ही नहीं चला कि वह अंदर से इतना टूट चुका है।"

मीनाक्षी का दिमाग सुन्न हो गया। "वर्किंग प्रेशर? सुसाइड? ४ घंटे पहले?"

उसे अचानक याद आया कि अभी कुछ मिनट पहले वह छत पर किससे बात कर रही थी। वह साया, वो बातें, वो आँखोंका दर्द... वह कौन था? क्या वह उसकी रूह थी जो सिर्फ आखिरी बार अलविदा कहने आई थी? या शौर्य ने मरने का फैसला उस वक्त किया था जब वह उससे छत पर आखिरी बार मिली थी?

उसे एहसास हुआ कि शौर्य ने सुसाइड नोट में 'वर्किंग प्रेशर' की बात सिर्फ इसलिए लिखी थी ताकि मीनाक्षी पर कभी कोई आंच न आए। वह मरते-मरते भी उसके चरित्र और उसकी नई जिंदगी की रक्षा कर गया। उसने अपनी मौत का इल्ज़ाम खुद पर ले लिया ताकिदुनिया मीनाक्षी को 'धोखेबाज' या 'कातिल' न कहे।

मीनाक्षी पागलोंकी तरह उठी। उसे याद आया कि अनिरुद्ध ने उसे एक लिफाफा दिया था जिसे उसने तोहफोंके ढेर में फेंक दिया था। वह भागती हुई नीचे हॉल में गई। शादी का घर अब उसे श्मशान

जैसा लग रहा था। उसने पागलोंकी तरह फूलों, गहनों और महंगे तोहफोंको इधर-उधर फेंकना शुरू किया।

"कहाँ है... कहाँ है वो?" वह बुदबुदा रही थी।
तभी उसे वह सफेद लिफाफा मिला, जिस पर शौर्य की वही चिर-परिचित लिखावट थी। उसने कांपते हाथोंसे उसे खोला। पत्र के अंदर कोई शिकायत नहीं थी, बस कुछ पंक्तियाँ थीं:
"मीनाक्षी,
आज जब तुम अपने नए जीवन की दहलीज पर खड़ी हो, तो यह पत्र तुम्हारे लिए महज़ एक कागज़का टुकड़ा होगा। लेकिन मेरे लिए, यह मेरे सात साल के सन्नाटे का अंत है। मैं जा रहा हूँ, मीनाक्षी। पर जाने से पहले मुझे वो सब कहना है जो तुमने कभी सुनने की कोशिश नहीं की।
आज लोग कहेंगे कि'वर्किंग प्रेशर' ने मेरी जान ले ली। पर सच तो तुम जानती हो न? दफ्तर की फाइलें इंसान को थका सकती हैं, पर मार नहीं सकतीं। इंसान तब मरता है जब उसका विश्वास छलनी हो जाता है।
मुझे आज भी याद है वो दही-हांडी वाली दोपहर। तुम्हें भीड़में नाचते हुए देख कर मैंने अपनी पूरी दुनिया तुम्हें मान लिया था। मुझे लगा था कि उस दिन जो संगीत बज रहा था, वह हमारे भविष्य की धुन थी। लेकिन मुझे क्या पता था कि तुम केवल उस भीड़में अपनी चमक ढूंढ रही थी और मैं केवल एक जरिया था।
तुम्हें याद है वो वड़ा-पाव वाली शाम? शहर की उस छोटी सी रेहड़ी पर जब मैंने अपने हिस्से का आखिरी निवाला तुम्हें खिलाया था? मैंने सोचा था कि हम गरीबी और सादगी में भी खुश रह लेंगे। पर तुम्हारी नज़रोंमें उस वड़ा-पाव की कोई कीमत नहीं थी, तुम तो उस वक्त भी किसी आलीशान महल के सपने देख रही थी। तुमने मेरा साथ इसलिए दिया क्योंकि उस वक्त तुम्हें सड़क पार करने के लिए किसी के हाथ की ज़रूरत थी, और जैसे ही तुमने लग्जरी गाड़ी देखी, मेरा हाथ झटक दिया।

छत्तीसगढ़के उन जंगलोंमें, मैं पागलोंकी तरह पेड़ोंपर चढ़ता था ताकि तुम्हें एक मैसेज भेज सकूँ। मेरी उंगलियां ठंड से जम जाती थीं, पर तुम्हारा एक 'हम्म' देखने के लिए मैं घंटों जागता था। मुझे लगता था कि तुम 'पारिवारिक मसलों' में उलझी हो, पर हकीकत तो यह थी कि तुम उस वक्त अपनी नई दुनिया की नींव रख रही थी, जिसमें मेरी कोई जगह नहीं थी। तुमने मेरा इस्तेमाल तब तक किया जब तक तुम्हें मेरी फिक्र की ज़रूरत थी, और जैसे ही तुम्हारा स्वार्थपूरा हुआ, तुमने मुझे 'स्टेटस' का हवाला देकर ब्लॉक कर दिया।

३१ दिसंबर की वो रात... मैं उसे कभी नहीं भूल पाऊंगा। मैंने अपनी पूरी हिम्मत जुटाकर तुम्हें फोन किया था, और तुमने कितनी बेदर्दीसे कहा था— "हमारे बीच जमीन-आसमान का फर्क है।" उस रात जब मैं अकेले में शराब पी रहा था और कुमुद ने तुम्हारी वो फोटो भेजी, जिसमें तुम किसी और की बाहोंमें मुस्कुरा रही थी... मीनाक्षी, उस रात मेरा दिल नहीं टूटा था, मेरी आत्मा की हत्या हुई थी। तुमने मुझे यह महसूस कराया कि मेरा प्यार, मेरी ईमानदारी, मेरा समर्पण— सब कुछ 'बेकार' था क्योंकि मेरे पास 'क्लास' नहीं था।

इन सात सालोंमें मैंने खुद को रगड़-रगड़कर 'आसमान' तक पहुँचाया। मैंने MNC में नाम कमाया, पैसा कमाया, पर किसके लिए? सिर्फ तुम्हें यह साबित करने के लिए किमैं काबिल हूँ? पर आज जब मैं उस मुकाम पर हूँ, तो मुझे समझ आया कि तुमने मुझे मेरी 'गरीबी' की वजह से नहीं छोड़ा था, बल्कि इसलिए छोड़ा था क्योंकि तुम्हारी फितरत में ही वफादारी नहीं थी। तुम्हें मुझसे कभी लेना-देना था ही नहीं, तुम्हें तो बस उस 'अगले बेहतर विकल्प' की तलाश थी।

मेरा दिल आज भी दुखता है, मीनाक्षी। यह सोचकर नहीं कि तुम किसी और की हो गई, बल्कि यह सोचकर कि मैंने एक ऐसी लड़की की पूजा की जिसके लिए प्यार सिर्फ एक 'सौदा' था। तुमने मुझे एक सीढ़ी की तरह इस्तेमाल किया और ऊपर पहुँचते ही लात मार दी।

पुरी जिंदगी तुमने मुझे इंतेजार करवाया। आज मुझे उसी इंतेजार से नफरत हो गयी है। आज मेरा आखरी इंतेजार भी खतम हो गया। तुम्हे किसी और के साथ नही देख सकता,इसलिये जा रहा हु। पर हा तुमसे आखरी बर मिलने जरूर आऊंगा। सिर्फ तभी भी मुझ इंतेजार करते हुये मत छोड देना।

मैं सुसाइड नोट में 'वर्किंग प्रेशर' लिख रहा हूँ। यह मेरा तुम्हारे प्रति आखिरी एहसान है। मैं नहीं चाहता कि तुम्हारी शादी के मंडप पर पुलिस आए या दुनिया तुम्हें एक 'कातिल' की नज़र से देखे। मैं मरते-मरते भी तुम्हारी बदनामी बचा रहा हूँ, शायद इसलिए क्योंकि मैं उस शौर्य को अब और बर्दाश्त नहीं कर पा रहा जो आज भी तुमसे नफरत नहीं कर पाता।

अलविदा मीनाक्षी। तुमने मेरा 'काम' निकाल लिया, अब मेरा इस दुनिया में कोई काम नहीं बचा। तुम्हारी यादोंका बोझ बहुत भारी हो गया है, अब उसे उतार कर सोने का वक्त आ गया है। तुम्हे देखने के लिये मै नही पर मेरी रूह जरूर आयेगी। जिदंगी भर इंतजार करवाया है तुने। अब उसको जी भर के मिलने देणा। उसे तडपता छोड इंतेजार करवाते मत छोडना।

तुम्हारी ख़ुशी हि मेरा उद्देश्य था। तुम्हे सगाई कि तस्वीरो मै देखा। बोहोत अच्छी लग रही थी आप। खयाल रखना। और हा ह सके तोः मुझे माफ करना। मै तुम्हारे काबील नही बन पाया।

तुम्हारा (कभी न होने वाला),

शौर्य

मीनाक्षी ने पत्र सीने से लगा लिया, पर अब बहुत देर हो चुकी थी। शौर्य के शब्द उसके कानोंमें पिघले हुए सीसे की तरह उतर रहे थे। वह रोना चाहती थी, पर उसकी आँखोंके सामने शौर्य का वो चेहरा आ गया जो छत पर उसे आखिरी बार देख रहा था—शांत, गहरा और बेजान। उसने एक ऐसे इंसान को खो दिया था जिसने उसे पूजने

के लिए अपनी जान दे दी, और उसने क्या पाया? एक ऐसा रिश्ता जो केवल 'जरूरत' पर टिका था।

मीनाक्षी वहीं फर्शपर बैठ गई। उसके लाल जोड़े पर उसके आंसू गिर रहे थे। उसे याद आया कि कैसे उसने छत पर उसे दुत्कारा था, उसे 'बोझ' कहा था। उसे नहीं पता था कि वह जिसे 'बोझ' कह रही थी, वह अपनी जिंदगी का आखिरी बोझ ढोकर उसके पास सिर्फ एक माफी मांगने आया था।

छत पर जो हुआ, वह शौर्य की रूह की आखिरी पुकार थी। उसने मरकर भी यह साबित कर दिया कि उसका प्यार 'वन-साइड' जरूर था, पर वह इतना गहरा था कि मौत भी उसे मीनाक्षी से मिलने से नहीं रोक सकी।

वरुण कमरे में आया, उसने मीनाक्षी को रोते हुए देखा और उसे लगा कि वह अपनी परिवार की याद से दुखी है। उसने उसे गले लगा लिया। मीनाक्षी वरुण की बाहोंमें थी, पर उसका मन उस अँधेरी छत पर था, जहाँ शौर्य का साया आज भी खड़ा उससे पूछ रहा था—

"क्या तुम खुश हो मीनाक्षी?"

उस रात एक सफल कॉर्पोरेट मैनेजर मर गया, एक प्रेमी अमर हो गया, और एक दुल्हन अपनी जीत की खुशी में अपनी सबसे बड़ी हार हार गई। शौर्य का 'वर्किंग प्रेशर' खत्म हो चुका था, लेकिन मीनाक्षी का 'पछतावे का बोझ' अब शुरू हुआ था।

अचानक...

एक तीखी, कान फाड़ने वाली 'रिंगटोन' गूँजी। शौर्य का पूरा शरीर एक झटके के साथ सीधा हो गया। उसके दिल की धड़कनें बेकाबू थीं। उसे समझ नहीं आया कि वह कहाँ है।

उसने अपनी आँखें मलीं। वह अभी भी अपनी 'राइटिंग स्टडी टेबल' पर ही था। सामने वही डायरी खुली थी, वही फाउंटेन पेन हाथ के पास पड़ा था। रात को रोते रोते दर्द कम करने के लिये ली हुई निंद कि गोली का प्लास्टिक कव्हर वही पडा था। कमरे की खिड़की से सुबह की ताजी, सुनहरी रोशनी छनकर आ रही थी। शौर्य ने अपना माथा पकड़ा—उसे वह सब याद आ रहा था। दादाजी का आना,बालकनी का वो दर्दनाक सन्नाटा,दोस्तो कि टोली, दही हंडी, गणेश उत्सव, नवरात्री, परीक्षा, कॉलेज का टेरेस, बेंगलूर कि बिल्डिंग, ३१ दिसंबर की वो काली रात, मीनाक्षी का वो पत्र ,और वो खुदकुशी की खबर...

वह कांपने लगा। "क्या वह सब सच था? क्या मैं सच में मर चुका हूँ? या यह कोई दूसरा जन्म है?"

उसने कांपते हाथों से टेबल पर रखा मोबाइल उठाया। स्क्रीन जगी और शौर्य की आँखें फटी की फटी रह गईं।

तारीख: २४ अगस्त २०२२

समय: सुबह ०८:३० बजे

शौर्य का गला सूख गया। निंद कि गोली ने उसे गेहरी निंद मै डाल दिया था।

"२०२२? लेकिन अभी तो २०२९ होने वाला था! वो सात साल... वो बेंगलुरु की नौकरी... वो मीनाक्षी की शादी... वो सब कहाँ गया?"

उसने पागलों की तरह अपनी डायरी देखी। डायरी के पहले पन्ने पर अभी भी वही चार लाइनें लिखी थीं जो उसने 'रात' को लिखी थीं:

"रात के अँधेरे मै, सपनो के पेहरे मै, मौत की परछाई मेरे कानो मै कुछ इतना कह गयी;

की कंबख्त मुझे हि अब गले लगाले, क्योकी तेरी मोहोब्बत तोह अधुरी रेह गयी। "

यह वही स्याही थी, वही लिखावट थी। लेकिन यह 'रात' तो अगस्त की थी, मीनाक्षी के विदाई की नहीं। क्या उसने आने वाले चार सालों का पूरा दुख एक ही रात के सपने में जी लिया था? या उसकी रूह ने उसे भविष्य की उस तबाही से बचाने के लिए यह चेतावनी दी थी? या फिर रात के दर्द ने एक सपने मै करवट ले ली थी?

तभी फोन फिर से बजा। स्क्रीन पर नाम चमक रहा था— 'अंकुश'।

शौर्य का हाथ कांप रहा था। उसने फोन उठाया। उसे लगा शायद वही 'रिजेक्शन' मिलेगा, वही ठंडी आवाज मिलेगी।

"हेलो?" शौर्य की आवाज दबी हुई थी।

"अबे ओ शौर्य ! कहाँ मरा हुआ है पिल्ले?" दूसरी तरफ से अंकुश की वही जिंदादिल, ऊर्जासे भरी आवाज आई।

अंकुश : "रात से ११ कॉल कर चुका हूँ तुझे। सो रहा था क्या घोड़े बेचकर?"

शौर्य निशब्द था। वह बस अंकुश की सांसें सुन रहा था।

"सुन शौर्य , आई एम रियली सॉरी," अंकुश की आवाज में नरमी आई।

अंकुश : "कल वो रूम में जो भी हुआ... मेरा मूड थोड़ा खराब था, मैंने शायद कुछ ज़्यादा ही बोल दिया। 'स्पार्क' और 'फिलिंग ' वाली बातें... भूल जा यार उन्हें। तू मेरा सबसे बेस्ट बंदा है। चल, तैयार हो

जा, आज बाहर घूमने चलते हैं। मौसम बहुत मस्त है, लोनावला का ट्रिप मारते हैं। बोले तो?"

शौर्य की आँखों से आंसू बह निकले। पर ये वो दर्दवाले आंसू नहीं थे। यह एक 'रिलीफ' था। उसे समझ आया कि उसने सपने में जो देखा—मीनाक्षी का धोखा, खुद का अकेलेपन में मर जाना—वह सब शायद उसके अवचेतन मन का डर था।

शौर्य ने फोन रखा और खिड़की के बाहर देखा। दादाजी नीचे गार्डन में टहल रहे थे। वही लाठी, वही चाल। शौर्य को अहसास हुआ कि भले ही वह सब एक सपना था, लेकिन उस सपने ने उसे एक 'लेखक' बना दिया था।

उसने डायरी के उस पन्ने को फाड़ा नहीं, बल्कि उसे चूमा। उसने समझ लिया था कि जीवन में'प्रेम' ज़रूरी है, पर वह दूसरों पर जबरदस्ती नहीं, अपनी भावनाओं पर नियंत्रण रख कर होना चाहिए।

उसने पेन उठाया और उस शायरी के नीचे एक नई लाइन लिखी:

"आज मौत से मिलकर लौटा हूँ, अब ज़िंदगी को और भी शिद्दत से लिखूँगा।"

प्रेम ना मिलने पर खुद को खतम कर देना इसे प्रेम नही मोह केहते है। शौर्य ने प्रेम किया था। निस्वार्थ । उसे पता था वो मीनाक्षी, वो विश्वासघात, वो ३१ दिसंबर ,वोह शादी और वोह आखरी मुलाकात ... शायद अब कभी नहीं आएंगे, क्योंकि शौर्य ने आज सुबह अपने 'वर्तमान' को चुन लिया था।

उसी वक़्त दरवाजे पर एक ठकठक सुनाई दि । उसने टेबल को छोडा औंर दरवाजा खोलने के लिये आगे गया । जैसे हि उसने दरवाजा खोला,उसके होश उड गये ।

सामने साक्षात ......

लेखक का परिचय

चिन्मय सुनिल महाजन, एक संवेदनशील कथाकार और विचारक हैं, जो अपनी रचनाओं के माध्यम से मानव मन की जटिल परतों को सुलझाने का प्रयास करते हैं। महाराष्ट्र के जलगाँव जिले के मूल निवासी चिन्मय वर्तमान में व्यापार प्रबंधन की पढ़ाई कर रहे हैं। शिक्षा के साथ-साथ साहित्य, कला और सामाजिक नवाचारों के प्रति उनका गहरा लगाव रहा है।

चिन्मय की पहचान एक ऐसे युवा व्यक्तित्व के रूप में है जिन्होंने कम उम्र में ही राज्य और राष्ट्रीय स्तर के विभिन्न बौद्धिक मंचों पर अपनी उपस्थिति दर्ज कराई है। वे नवाचार और व्यक्तित्व विकास के क्षेत्र में सक्रिय रहे हैं, जिसने उन्हें जीवन को एक व्यापक दृष्टिकोण से देखने में मदद की है। उनकी यात्रा केवल अकादमिक सफलता तक सीमित नहीं है; वे प्रकृति के करीब रहना, नई जगहों को खोजना और लोगों के अनुभवों को सुनना पसंद करते हैं।

लेखन उनके लिए केवल एक शौक नहीं, बल्कि समाज के प्रति अपनी संवेदनाएँ व्यक्त करने का एक माध्यम है।

अपनी प्रखर राजनैतिक सूझबूझ और 'यूथ डेवलपमेंट एक्टिविस्ट' के रूप में पहचान रखने वाले चिन्मय युवाओं के मार्गदर्शन और उचित प्रबंधन के कार्यों में गहराई से जुड़े हैं। सामाजिक सरोकारों के प्रति समर्पित रहने के साथ-साथ, वे मानवीय संवेदनाओं और रिश्तों के अनसुलझे पहलुओं को शब्दों में पिरोने का विशेष हुनर रखते हैं।

"तुम्हारे ही रहेंगे हम" के जरिए चिन्मय ने आधुनिक जीवन की भागदौड़ में पीछे छूटते भावनात्मक सुकून और रिश्तों की गरिमा को स्वर दिया है। उनकी शैली सरल, प्रवाहमयी और सीधे पाठक के दिल तक पहुँचने वाली है।

संपर्क :

मोबाईल : 7385664373

ई-मेल : saurabhmali1218@gmail.com

इंस्टाग्राम : Trf.chinmay_mahajan

www.ingramcontent.com/pod-product-compliance
Lightning Source LLC
LaVergne TN
LVHW100320210926
848480LV00003B/1199
9798903624447